우아한

거짓말

우아한
거짓말

김려령 장편소설

창비

차례

내일을 준비하던 천지가, 오늘 죽었다.

기운 생명 끝에 매달린

"세대 차이 그거 별거 아냐. 주판 대 전자계산기고, 전보 대 휴대폰 메시지야."

MP3플레이어를 요구하면서 세대 차이를 들먹인 건 분명 적절치 못했다. 그렇다고 바로 꼬리를 내리는 것도 재미없었다. 천지는 엄마의 말을 유연하게 받았다.

"그 차이 무시할 수 없다는 거 엄마도 알잖아. 엄마 지금, 다분히 감정적이야."

"딸이랑 말하면서까지 최신형 엠피쓰리가 내 딸한테 미치는 영향에 대해, 그래야 돼? 괜히 세대 차이 얘기로 힘 빼지 마. 인류가 멸망하지 않는 한 영원히 대물림되는 현상이니까."

"엄마가 지나치게 감정적으로 말하니까 그렇지."

"어우, 뒷골이야. 요즘 애들은 다 있다, 나만 없다, 그러니 나도 있어야 한다. 이것도 다분히 감정적인 생떼야."

"생일이잖아……."

천지 목이 뜨거워졌다. 생일이라는 단어가 그랬고, 생일과 동반한 메는 기억들이 그랬다. 천지는 떼쓰기를 멈췄다. 정말 유쾌하게 떼를 써보고 싶었는데, 더 이상 그럴 수가 없었다. 그 정도면 됐다.

"아요 기집애, 무슨 생일 선물을 몇 달이나 앞당겨 사달래. 사줄게. 근데 이달은 넘기고 사자. 전셋돈 올려줘야 되잖아."

"……."

엄마는 제 풀에 꺾여 조용히 밥을 먹는 천지를 슬쩍 보았다. MP3 플레이어보다 더 비싼 휴대전화를 사달라고 할 때도 저렇게 단서를 달고 기간을 정하지는 않았다. 여유 있을 때 사달라며 어른스럽게 굴었고, 언니 만지가 MP3플레이어를 살 때도 자신은 필요 없다며 심드렁해했다.

"아이 시끄러워. 그냥 사줘."

천지와 엄마 사이에서 밥을 먹던 만지가 툭 끼어들었다.

"누가 안 사준대? 다음 주는 조금 힘들다고."

"너 그거 지금 필요하냐? 내 꺼 써, 그럼."

"아니야, 됐어. 언니 써."

"피곤한 여자들이야, 진짜. 나 학교 가."

만지가 자리에서 일어났다.

"오늘 일찍 나가네?"

엄마가 물었다.

"주번이야."

"엄마랑 같이 나가자. 오늘 본사 교육 있어."

엄마도 남은 밥을 서둘러 먹고 일어났다.

"어이, 작은딸! 너무 서운해하지 마. 계획에 없던 지출이라 그래. 꼭 사줄게. 어쨌든 학원 안 가는 날이니까, 저녁 설거지해놓고. 언니는 오늘 늦잖아."

만지가 먼저 현관을 나갔다.

"아 참, 천지야, 니가 짠 것 중에 가습기 덮을 만한 거 없니? 누가 좀 필요하다네."

"⋯⋯."

"엄마, 나 먼저 가!"

"같이 가자니까! 쟤는 왜 저러니, 정말. 천지야, 엄마 간다."

급하게 계단을 내려가는 걸음 소리가 집 안까지 들렸다.

이달 말까지 전세 보증금을 올려줘야 한다. 요즘은 보증금을 올려 받는 날도 점쟁이한테 물어보고 정하는지, 집주인은 특별히 받아 온 날이라며 날짜를 지켜주길 바랐다. 하지만 말만 거창할 뿐 제때에 돈을 받기 위한 수작이라는 것쯤은 엄마도 알고 있었다. 엎친 데 덮친 격으로 아직 오른 보증금도 준비 못 했는데, 천지는 삼 개

월이나 뒤에 있을 생일 선물까지 미리 앞당겨 사달라고 한다.

'이놈의 집주인은 사정 좀 봐주면 안 되나? 누가 안 올려준대? 에이, 까짓 거 사주자. 보증금에 엠피쓰리 하나 더 산다고 굶어 죽기야 하겠어.'

그게 마지막이었다. 천지는 그날, 스스로 목숨을 끊었다. 엄마는 남편을 보낸 지 구 년 만에 어린 딸까지 보내고 만 것이다. 아직 그 작은 부탁도 들어주지 못했는데. 집주인은 더 이상 보증금 얘기를 하지 않았다. 집을, 비우라고 했다.

만지는 너무도 혼란스러웠다. 그렇게 온순하고 착실했던 동생이, 왜? 단순하게 MP3플레이어 때문이었을까? 엄마는 거드름을 한껏 피운 뒤 결국에는 사주는 스타일이다. 천지도 모를 리 없다. 집안 사정에 관계없이 무턱대고 떼를 쓰는 아이도 아니다. 석연찮다. 무엇이 천지로 하여금 그토록 쓸쓸하고 아픈 선택을 하게 만들었을까.

"언니 연합고사 끝나면, 내가 책상 리폼해줄게."

"지금 해줘."

"갑자기 책상 분위기가 바뀌면 안 돼. 집중해야지."

"동생은 리폼 안 되나?"

천지는 만지의 연합고사 뒤의 일까지 계획해뒀었다. 그래놓고 죽었다. 붉은 털실로 짠 긴 줄에 목을 매고. 내일을 계획하고 준비

하던 천지가 오늘 죽으리라고는 아무도 예상하지 못했다.

"이만……."

국어 선생님은 무심결에 만지를 부르려다 뒷말을 삼켜버렸다. 다행히 만지는 눈치채지 못한 듯했다. 미동도 없이 똑바로 앞을 보고 있었지만, 칠판을 보고 있다고 하기에는 너무 깊은 시선이다. 모르는 척하고 싶은데 1학년 3반 교실에 놓인 천지의 국화꽃 바구니처럼 자꾸 눈에 들어왔다. 피할수록 더 강하게 잡아당겨지는 느낌. 그런 만지에게서 천지가 보였다. 국어 선생님은 천지의 담임선생님이었고, 교사로 발령받은 첫 학교에서 너무 어린 제자를 떠나보낸 것이다.

▶ 선입견이란 얼마나 무서운가. 누군가 의도적으로 퍼뜨린 악의적인 선입견이라면 더욱 그렇다. 흔히 쓰이는 선입견 조장 방법을 알아보자.

1. 칭찬을 베이스로 깔고 모함을 포인트로 주기
— 사람들은 베이스보다 포인트에 더 민감하게 반응한다.
예) "쟤 공부 잘하잖아. 근데 알고 보면 되게 멍청하다."
　　─베이스: 잘하다, 포인트: 멍청

2. 과거의 단점으로 현재의 장점 흠집 내기
— 실습으로 만든 파자마가 좋은 점수를 받았을 경우

예) "초등학교 때는 박음질이랑 시침질도 구분 못했어."

▶ 선입견의 부정적 효과와 긍정적 효과에 대한 설문

1. 부정적 효과

-
-
-

    선생님은 천지가 작성한 국어 수행평가 설문조사가 생각났다. 아이들이 재미있게 공감할 만한 내용이라고 생각해서 발표까지 시켰다. 예상대로 반응이 좋았고 천지도 무리 없이 발표를 마쳤다. 하지만, 발표를 시키지 말았어야 했다. 아이들이 천지의 발표에 그렇게 관심을 보였던 것은, 발표 내용보다는 내용 속에 존재하는 두 아이의 관계 때문이었다.

    선생님은 주먹을 꼭 쥐었다. 좀처럼 집중이 되질 않았다.

    "가끔 당대에 쓰지 않았던 말을 예문에 섞어놓고 고르라고 할 때가 있어요. 예를 들어 '조랑복'이라는 말이 자주 쓰였던 시대는……."

    띠리리리리 리리리…….

    수업을 마무리 짓지 못했는데 종이 울려버렸다. 집중하지 못한 탓이다.

    "반장은 다음 시간에 나한테 '조랑복!' 하고 외쳐요. 까먹을라."

“하하하.”

아이들이 크게 웃었다.

“오늘은 여기까지.”

“감사합니다!”

선생님은 교실을 나왔다. 숨 막히는 진공관에서의 탈출이었다.

“선생님!”

급속하게 확장된 진공관. 선생님은 뒤를 돌아보았다. 만지였다.

“선생님 반에 있는 꽃, 지금 가서 치울게요.”

“……”

“이제 치울 때가 된 것 같아서요.”

“네가 가져갈래?”

“제가 치울게요.”

“그래……”

선생님은 창문 앞에 서서 크게 심호흡을 했다. 학교가 숨 막히게 갑갑했다.

1학년 3반. 이제 막 급식을 시작해 시끌벅적했던 교실이 만지의 등장으로 순간 정적이 흘렀다. 그리고 곧 헛헛한 잡담이 시작됐다. 아이들도 만지도 모두 의식되는 낮은 소리들……. 아, 치킨 나왔다. 야, 빨리 떠! 또 된장국이네. 교실을 떠다니는 덧없는 이야기들. 그 속에 이방인처럼 만지가 있었다.

만지는 교실 뒤 제단처럼 국화꽃 바구니가 올려진 책상 앞에 섰다. 외따로 있는 책상이 쓸쓸해 보였다. 충분히 이해되는 상황이었지만 왠지 억울하고 서운했다.

"모셔둔 거야, 치워둔 거야."

"언니……."

화연이었다.

학교 앞 분식점에서 천지와 함께 돈가스를 사준 적이 있다. 천지와 너무 안 어울려 오히려 잘 어울린다고 생각했던 아이다. 천지는 키가 컸고 화연은 키가 작았다. 천지는 갸름한 얼굴이었지만 화연은 동글동글한 얼굴이었다. 천지는 둘이 있을 때 말을 잘했고 화연은 사람이 많을 때 말을 잘했다. 어쨌든 자신과 같은 교복을 입고 있는 동생과 후배가 귀엽고 대견스러웠다.

"니들 되게 안 어울려."

"정반대인 사람끼리 만나야 더 친하댔어요."

화연이 돈가스를 입에 가득 넣고 말했다.

"얼굴이 비슷한 상일 때 더 정이 가는 법이야. 자기하고 다른 스타일로 예쁜 사람을 보면 예쁜 거 인정은 하는데, 이상하게 정은 안 간다니까."

"우린 안 그래요. 그치, 천지야?"

"……."

"선배님, 우리 만두 하나 더 먹어도 돼요?"

"돈 없어."

조금은 대책 없고 속이 훤히 보이는 화연이었다. 그런 화연이 지나치게 꼼꼼한 천지와 차라리 잘 어울린다고 생각했다.

"간다."

만지는 화연에게 낮은 목소리로 인사하고 교실을 나왔다.

가슴에 안긴 국화꽃이 아직도 싱싱했다.

"냄새 한번 더럽게 진하네."

"말도 없이 어딜 갔나 했다. 급식 대신 받아놨어."

미란은 만지가 책상 옆에 내려놓은 국화꽃 바구니를 슬쩍 보았다.

"치워야지. 애들 찜찜할 거 아냐."

"너는 무슨 말을 그렇게 하냐?"

"사실이잖아. 야, 밥 좀 봐라. 엄청 떠 왔네."

만지는 밥을 국에 말았다.

"여덟 살 때, 아빠가 돌아가셨거든? 밤중에 도로 공사하는 굴착기 옆을 지나는데, 그게 갑자기 휙 도는 바람에, 로봇 팔처럼 생겨서 땅 파는 부분 있지? 거기에 맞고 뇌진탕으로 돌아가셨대."

뜬금없는 만지의 말에 미란이 당황했다.

"너, 많이 놀랐겠다."

"직접 봤으면 놀랐겠지. 근데 사고 얘기는 나중에 들었어. 병원에서도 나는 그냥 아빠 사진이 놓인 식당 같다 한 것 같고, 밥도 잘 먹었지 아마."

"정말 아무 느낌 없었어?"

"하도 어려서 뭘 알았겠냐? 근데 천지는 엄청 울었어. 그건 기억 나. 쪼그만 게 뭘 알고 그랬는지 몰라. 신기한 건 시간이 지날수록 그날 모습이 더 생생하다는 거야. 음식 나르면서 웃던 아줌마까지 생각난다니까. 별일이야."

만지는 국에 만 밥만 계속 떠먹었다.

"반찬 남기면 벌점 받어, 너."

"맛도 없는데 왜 이렇게 잔뜩 받아 왔어!"

"너 치킨 좋아하잖아!"

"동생 꽃바구니 옆에 두고 치킨 먹고 싶겠냐?"

"내가 알았냐? 뭐, 옛날에 병원에서도 잘 먹었다며. 얼른 먹어."

"언니 같은 동생 사라지니까, 할머니 같은 친구가 난리네……."

만지는 김치 한 조각 남기지 않고 모두 먹어치웠다.

그리고 6교시에는 보건실에 누워 있었다. 심하게 체하고 만 것 이다.

"이천지입니다."

인사가 성거웠는지 선생님은 다시 한 번 하라고 했습니다. 나는, 나를 소개하는 일이 싫습니다. 딱히 잘하는 것도 없고, 있다 해도 자랑처럼 말하고 싶지 않습니다. 어린이집에서 유치원으로, 유치 원에서 유치원으로, 학교에서 학교로, 참 많이 옮겨 다녔습니다. 하지만 전학보다 더 싫은 건 역시 자기소개였습니다.

"열한 살, 이천지입니다."

"야, 우리도 열한 살이야!"

아이들이 웃었습니다. 도대체 어떤 근사한 소개를 원했던 것일까요.

화연이는 내게 처음 말을 건 아이입니다. 전학 온 아이에 대한 호기심으로 다가왔겠지요. 싫지 않았습니다. 친절했고 살가웠으니까요. 그런데 화연이와 놀기 시작하면서부터 아마 내가 거의 술래였지 싶습니다. 가위바위보를 해서 내가 지면 진 사람이, 이기면 이긴 사람이 술래라며 화연이가 게임 방식을 바꿨습니다. 아이들마저 그 방식에 동참했습니다. 손끝에 화연이의 등뼈가 느껴질 만큼 쳐내도 마찬가지였습니다.

"내가 너 쳤는데, 넌 왜 술래 안 해?"

"안 맞았다니까. 그치, 얘들아?"

"맞아. 화연이 안 맞았어."

이제 막 전학 온 아이에게는 잘못을 바로잡을 수 있는 힘이 없었습니다. 운다고 봐주는 일 같은 건 아이들 세계에는 없습니다. 알고 있었습니다. 아는데 눈물이 났습니다. 가끔 어른들이 참견하기도 했습니다.

"너희들 왜 친구를 울리고 그래?"

"그게 아니라요. 얘가 술랜데, 안 한다고 울잖아요."

천진한 얼굴로 벌이는 영악한 행동. 왜 술래데? 애가 가위바위보 해서 졌거든요. 왜 술래데? 아무도 못 잡았거든요. 왜 술래데? 우리가 쳐서 다 살렸거든요……. 아이들은 항상 '우리'였고, 나는 '애'였습니다. 그리고 '우리'와 '애' 사이에는, 화연이가 있었습니다.

"얘들아, 내가 그냥 맞았다고 하고, 술래 할게."

"천지 너랑 안 놀아!"

아이들은 내가 술래를 하면 화연이와 함께 놀면서, 화연이가 술래를 하면 나와 놀지 않았습니다. 그것을 어떻게 설명해야 할까요. 모르겠습니다. 나는 아직도 모르겠습니다.

"애들이 자꾸 나만 술래 시켜."

"안 한다고 해."

그렇게 얘기해봤어요, 엄마.

"그래도 자꾸 시켜."

"그럼 걔들이랑 놀지 마."

그럼 나는 누구랑 놀아, 언니?

그날부터입니다. 친구에 대해 더 이상 엄마와 언니에게 상의하지 않게 된 때가.

5학년 때는 화연이와 반이 갈라져 새 친구를 만났습니다. 새 친구는 딱 이 주일 동안만 온전하게 내 친구였습니다. 화연이가 쉬는 시간마다 우리 교실로 와서 놀았고, 내 친구에게 선물을 주기 시작했거든요. 연필 일곱 자루를 가져와 굳이 내 앞에서 자신은 네 개,

내 친구에게는 세 개, 그렇게 나눠 가지는 식이었지요.

"왜 나는 안 줘?"

"미안, 네 건 준비 못 했네."

처음부터 내게는 줄 마음이 없었던 것입니다. 그렇다 하더라도 내 앞에서 그렇게 주면 안 됐습니다. 하지만 그때 나는 "내 물건 내 마음대로 한다."는 화연이의 말에 조목조목 따질 능력이 없었습니다. 모르는 척했어야 했는데, 왜 안 주느냐고 했던 내가 지금도 싫습니다.

"천지 좀 빈티 나지 않냐? 아빠가 없어서 그런가?"

"쟤네 아빠 없어?"

"천지가 어렸을 때 죽었대. 자살했다더라."

죽었다는 사실에 거짓을 섞어 진짜처럼 꾸며낸 이야기. 나에 관한 황당한 이야기의 시작에는 늘 화연이가 있었습니다.

"너하고, 절교야."

"미안, 미안, 난 정말 그런 줄 알았어. 천지야, 미안해."

발 빠른 화연이의 사과. 화연이의 말이 거짓으로 밝혀져도 상처는 내가 받았습니다. 거짓 소문은 살을 보태가면서 빠르게 퍼졌습니다. 하지만 정정된 진실은 더디게 퍼지다가 어느 순간 스르륵 사라져버렸습니다. 아직도 아빠가 자살했다고 믿는 아이가 있을 정도입니다.

"옛날에 나는 그렇게 들었는데."

그리고 다시 옛날에 그렇게 들었다던 이야기가 퍼졌습니다.

"그래도 무슨 일이 있었으니까 그런 말이 나왔겠지."

화연이와 거리를 유지해야 했습니다. 너무 멀지도 너무 가깝지도 않게. 화연이 입에서 나오는 새까만 이야기들을 내가 막을 수 있을 만큼만. 화연이가 어떤 아이인 줄 아는데, 싫다는 이유로 그냥 멀어져줄 수는 없었습니다. 받은 만큼 돌려줘야 했습니다. 잔인할지라도 그래야 했습니다.

화연은 중학교에서도 여전했지만 아이들 반응은 초등학교 때와는 조금 달랐다. 호기심 있게 듣기는 해도 온전한 사실로 받아들이지는 않은 것이다. 그러기에는 천지가 화연에게 쩔쩔매지도 않았고 멍청하게 굴지도 않았다. 여전한 화연의 유치한 선물놀이에는 "좀 조용히 주지그래? 그렇게 떠들면서 주면 받는 사람이 불편하지 않을까?" 하는 식으로 대처했다. 하지만 아이들은 매사 꼼꼼하게 따지는 천지보다, 다소 실은 없어도 마음은 편한 화연에게 더 후했다. 더욱이 화연이 만들어낸 가십거리는 따분한 학교생활을 덜 지루하게 하는 요긴한 역할도 했으니까.

"천지야, 그만해라. 그럴 수도 있지 뭐."

그럴 수도 있다. 그런가? 그런 건가? 천지는 그저 웃을 수밖에 없었다.

2학기 초에 있었던 국어 수행평가 발표는 좋은 기회였다.

"조잡한 말이 뭉쳐 사람을 죽일 수도 있습니다. 당신은 혹시 예비 살인자는 아닙니까? 감사합니다."

대상이 명확한 글이었고, 자살을 암시한 글이었으며, 경고였다.

발표를 듣는 화연의 등으로 식은땀이 흘렀다. 아이들이 흘깃흘깃 보고 있으니 땀을 닦아낼 수도 없었다. 화연은 수업이 끝나자마자 천지를 찾았다.

"발표 재밌더라."

"고마워."

'제법이네.'

화연은 희미하게 웃었다. 지나치게 바른 천지가 숨 막혔다. 지겨웠다. 관상용이자 화풀이용 친구 관계도 이제 수명을 다했다고 생각했다. 충돌에 익숙하지 않아 그냥 참아버리는 아이. 이런 아이 하나쯤 왕따로 만드는 건 식은 죽 먹기였다. 반 아이들이 이미 괴롭히고 있는 왕따는 재미없었다. 새로 만들어야 했다. 티 나지 않게 교묘하게, 그리고 싹 빠지기. 그게 더 흥미로웠다. 그런데 천지는 늘 왕따에서 살아남았다. 성공 직전까지 갔다가도 번번이 실패했다. 성공하지 못한 계획. 그것으로 인해 발생하는 반사적 불이익이 서서히 화연에게 나타났다. 초조했다.

"그래도 예비 살인자라는 말은 심했어."

"확정된 살인자라고 할걸 그랬나?"

"아, 모르겠다, 머리 아퍼. 나 화장실 간다!"

천지가 죽었으니 이야기는 막을 내려야 했다. 그런데 이제 막이 오르는 느낌이었다. 그동안 화연은 교실에 놓인 국화꽃 때문일 거라 생각했다. 하지만 국화꽃이 사라진 책상은 오히려 천지를 더욱 선명하게 떠오르게 했다. 설명할 수 없는 소름이 돋았다.

"내가 너 직업이 없어서 끝냈냐? 요즘은 아예 사회가 알아서 실업자 백만 명 시대 어쩌구, 취업할 곳이 없네 하면서 떠들어주니까, 아주 지가 살판나서 묻어가고 자빠졌네. 너는 원래 일하기 싫어하는 놈 아냐! 옛날 그대로 나타나서 앞으로 믿어달라니. 어머나, 미친 새끼. 너 같은 새끼 때문에 정말 일하고 싶어도 못 하는 사람들까지 욕먹는 거야!"

"천지 엄마. 나 그동안 반성 많이 했다니까."

"곽만호 너! 내 딸 이름 함부로 부르지 마. 죽여버릴 테니까."

엄마는 휴대전화 전원을 꺼버렸다.

"무슨 전화를 그렇게 살벌하게 받아?"

학원에서 막 돌아온 만지는 서슬 퍼런 엄마를 담담히 바라보았다.

"그냥 그런 전화야. 왔으면 얼른 짐 싸. 내일 오전까지 짐 다 빼야 돼."

"집은 또 언제 알아봤대. 어디야?"

"저 위, 초원아파트. 알지?"

"나쁘지 않네. 옷 갈아입고 나올게."

"나오지 말고 방 짐부터 싸. 기왕이면 다 버리고 가자!"

"우린 포장이사 그런 거 안 해?"

만지가 방으로 들어가면서 물었다.

"버릴 게 더 많은데 포장해서 가져갈 거나 있냐."

엄마는 화장대에 놓인 액자를 들었다. 활짝 웃는 세 모녀의 사진이다.

'동영상 나오는 완전 최신형으로 사주려고 했어. 너 이렇게 가는 거 아냐……'

엄마는 사진 속 천지의 얼굴을 뚫어지게 바라보았다. 작년 천지의 생일날 천지가 사진관에서 찍자고 우겨서 찍은 사진이다. 이미지 사진이라고, 남들도 다 찍는다고 했다. 무뚝뚝한 만지도 천지의 생일이다 보니 못 이기는 척 따라나섰더랬다. 성격대로 천지는 윗니가 보일 만큼 활짝 웃고 있고, 만지는 이게 뭐 하는 짓인가 하는 표정으로 앞만 보고 있다.

"어흐흐흐…… 어흐흐흐……."

이를 악문 엄마의 입에서 삼켜도 삼켜도 끓어오르는 울음소리가 났다. 그때는 몰랐는데, 셋이서 찍은 사진이 흐뭇해서 마냥 좋아만 했는데, 이제 보니 활짝 웃은 천지의 눈동자가 지나치게 슬펐다. 저 웃는 얼굴에 물방울 하나 찍으면 영락없이 우는 얼굴이었다. 오히려 무뚝뚝한 만지 얼굴이 훨씬 여유 있고 편안해 보였다.

"엄마, 괜찮아?"

옷을 갈아입은 만지가 문 앞에 서서 물었다.

"응……."

엄마는 액자에 떨어진 눈물을 닦아내며 대답했다.

자식을 잃고 흘리는 어미의 눈물은 배 속 창자를 후비고 눈을 찌르며 나오는 눈물이다. 쉽게 위로할 수 없고, 쉽게 위로받을 수도 없는, 한 깊은 눈물이다. 만지는 엄마의 눈물을 온전히 이해할 수는 없었지만, 지금은 엄마를 혼자 두는 게 나을 것 같아 자리를 피해주었다.

만지는 방을 둘러보았다. 천지가 죽은 지 꼭 한 달째다. 같이 쓰던 책상, 컴퓨터, 선풍기, 바둑알이 자석으로 된 미니 바둑판까지. 두고 보자니 아프고 버리자니 더 아팠다. 책상 제일 아래 서랍은 주로 천지가 썼다. 대바늘, 코바늘, 스킬 바늘, 붉은 털실 뭉치, 핑킹 가위, 미니 톱, 부러진 크레파스 등은 모두 천지가 모아둔 것들이다. 만지는 미니 톱을 들었다.

그극 그극.

"오밤중에 톱질하는 동생 옆에 두고 잘라니까, 환장하겠네."

미니 톱은 천지를 그대로 기억해냈다. 연합고사가 끝나면 책상을 리폼할 거라고 했던 동생. 어쩌면 그때도 이 미니 톱을 썼을지 몰랐다.

"할 일도 많은 게 왜 그렇게 빨리 가……."

만지는 서랍에 미니 톱을 얼른 넣고, 뒤를 휙 돌아보았다. 톱 위에 떨어진 눈물을 엄마가 보면 안 됐으니까. 다행히 엄마는 뒤에 없었다.

동사무소에서 받아 온 스티커를 붙여 가구며 이것저것 꽤 버렸는데도, 아홉 평짜리 아파트에 부린 살림은 여전히 많아 보였다. 이 집을 두고 만지는 어떤 자리에서도 집 안을 구석구석 감시할 수 있는 사생활 금지 구역이라 했고, 엄마는 옛날 버스 터미널에서나 볼 수 있던 음산하고 꾀죄죄한 화장실과 과연 견줄 만한 집이라고 했다.

만지는 가습기를 들고 베란다로 갔다.

"이런 거는 밖에 둬야지?"

"청소부터 하고 내놔야지. 근데, 베란다에서 무슨 냄새가 이렇게 나냐."

"잘 찾아봐. 숨은 변기가 있을지 몰라."

"하여간 말은."

엄마와 만지는 베란다를 내다보았다. 방과 붙은 베란다 겸 보일러실이다. 보일러 배관 뒤 정체 모를 종이 상자에는 곰팡이가 거무튀튀하게 피어 있었다.

"아오. 가서 쓰레기봉투 하나 가져와."

엄마는 빗자루와 긴 손잡이가 달린 쓰레받기를 들고 베란다로 들어갔다.

만지는 가습기를 내려놓고 쓰레기봉투를 찾았다.

"엄마야!"

엄마가 베란다에서 튀어나와 널브러져 있는 세간들을 허들 뛰기로 넘어 아파트 복도로 달려 나갔다. 전기가 1초에 대략 30만 킬로미터를 간다는데, 방금 엄마의 달리기 실력은 전기와 맞먹을 듯한 속도였다. 이유도 모르고 덩달아 놀라 엄마와 비슷한 속도로 달려 나온 만지는, 뭘 어떻게 해보겠다는 듯이 쓰레기봉투를 불끈 쥐었다.

"왜 그래, 뭐야?"

"상자 안에 새끼 쥐가 득실득실해. 스윽 들추는데, 아오, 이따만한 쥐가 확 튀어나오잖아. 난 몰라."

"아이, 징그러. 어떡하지?"

만지는 들고 있던 쓰레기봉투를 엄마한테 슬그머니 내밀었다.

"무슨 일이십니까?"

옆집 문이 벌컥 열리더니 웬 남자가 나왔다. 반듯한 오대오 가르마에 어깨까지 내려오는 긴 머리를 한 남자였다.

"와우! 머리가…… 아저씨 혹시 락커예요?"

만지가 물었다.

"뭐 그냥, 공무원 시험 좀 준비하고 있습니다."

"아, 네……. 우린 오늘 이사 왔어요."

만지는 건성건성 대답했다. 스타일과 희망 직업이 영 매치되지 않아 신뢰가 가지 않았다.

"비명 소리가 들리던데요."

"베란다에 쥐 떼가 있어요. 119에 신고한다고 잡아주진 않겠죠?"

만지는 매우 성의 없는, 대답을 이미 담고 있는 질문을 했다.

"제가 잡아보겠습니다."

오대오의 말에 엄마는 짐짓 환한 얼굴로 빗자루를 내밀었고, 만지는 그래도 이 남자 제법이라는 표정으로 쓰레기봉투를 내밀었다.

"고마워요. 쓰레받기는 베란다에 두고 나왔어요."

엄마가 말했다.

"네에."

오대오는 한 치의 망설임도 없이 베란다로 들어갔다.

"어떤 상자예요?"

"보일러 배관 뒤에 있는 종이 상자요. 곰팡이 낀 상자!"

"알겠습니다!"

오대오는 베란다 문을 닫았다. 쥐가 방으로 나가지 않도록 한 배려였다. 불투명한 베란다 유리문에 비치는 큼직큼직한 오대오의 몸동작은 제법 듬직했다.

드르륵 쾅!

"아아악!"

빛이 전기보다 간발의 차이로 빠르다고 했던가. 오대오는 엄마

보다는 분명 빠르게, 그렇지만 승자를 가리려면 카메라 감식을 의
뢰해야 할 만큼 막상막하의 속도로 달려 나왔다. 엄마와 만지는 긴
머리카락과 쓰레기봉투를 휘날리며 달려 나오는 오대오를 피해 민
첩하게 아파트 복도 옆으로 비켜섰다.

"잡았어요?"

"상자를 빼려는데 선반에서 갑자기 큰 쥐가……. 어휴. 죄송합니
다, 여기."

오대오는 빈 쓰레기봉투를 만지 손에 쥐여주고 자기 집으로 들
어갔다.

"뭐야, 폼만 잡다 들어간 저 반듯한 오대오 가르마는……. 앞으
로 내 눈에 띄기만 해봐. 머리를 틀어서 비녀를 확 꽂아버릴라니. 이
보시오, 아줌마 같은 아저씨! 쥐 잡다가 베란다 문 뽀개겠소이다!"

엄마는 붉으락푸르락한 얼굴로 오대오가 들어간 문을 노려보
았다.

"경비 아저씨라도 부를까?"

"그냥 오라면 오겠니. 담배라도 한 갑 쥐여줘야지. 기다려봐."

엄마는 지갑을 챙겨 아파트 복도를 걸어 나갔다.

잠시 뒤, 엄마가 경비 임 씨와 함께 돌아왔다.

만지는 임 씨 윗도리 주머니에 있는 담배를 슬쩍 보았다. 새것은
아닌 듯했다. 임 씨는 베란다에 들어가자마자 새끼 쥐가 든 종이 상
자를 검정 봉투에 구겨 넣고 나왔다. 순식간이었다.

"큰 놈은 어딨는지 안 뵈. 나오문 또 봅시다!"

임 씨는 태연한 얼굴로 아파트 복도를 걸어 나갔다.

"만 원이나 받아먹고 어미 쥐는 안 잡아가네. 가만히 있는 새끼 쥐들이야 나도 잡았지!"

"그럼 아직도 쥐 있는 거야? 아, 찝찝해."

"일단 들어가서 에프킬라라도 뿌리자."

"그게 쥐도 죽여?"

"쥐 몸에 있는 벼룩은 죽이겠지."

만지는 매우 찝찝했지만 다시 집으로 들어갈 수밖에 없었다.

싱크대 안과 냉장고가 놓였던 자리에 쥐똥이 있었다.

"아무리 할아버지 혼자 사셨다지만 해도 넘하네. 아오 냄새. 여기가 1층이라 베란다 화단으로 들어왔나?"

"어쩐지 나, 곧 가출할 것 같은 예감이 들어."

"난 쉬는 날 같은 거, 자진해서 반납할 것 같다."

두 사람은 언제 튀어나올지 모를 쥐를 경계하며 이삿짐을 부렸다.

방과 주방 사이 미닫이문을 떼어내 원룸으로 만들었다. 천지가 있었다면 지저분한 벽지에 예쁜 시트지를 붙였을 것이다. 덜렁거리는 싱크대 경첩 나사를 조여 단단하게 고정시키는 건 당연하고, 집 구조에 맞게 가구들도 새롭게 배치했을 것이다.

"쟤 저러는 건 꼭 아빠 닮았어."

엄마가 천지의 미적 감각을 칭찬할 땐 늘 그렇게 말했다.

아빠는 엄마를 만날 때까지는 조각가였다. 산 아래 작은 비닐하우스를 지어놓고 작업실 겸 살림집으로 사용했는데, 그곳에서 산에서 구해 온 나무로 조각품을 만들었다. 하지만 만지가 태어나자마자 조각과는 전혀 상관없는 바이오수세미 공장에 취직을 해야 했다. 엄마는 아빠의 심오한 작품 세계를 이해했지만, 세상 사람들은 전혀 이해하지 못하는 바람에 심각한 생활고에 시달렸기 때문이다. 아쉽게도 아빠의 솜씨를 증명할 작품이 하나도 남아 있지 않은데, "그게 니스를 덜 먹였나, 왜 그렇게 쩍쩍 갈라져. 버렸어, 다."라는 게 엄마의 설명이다. 그러다 보니 천지의 미적 감각에 대한 칭찬은, 부산스러움에 비해 완성도는 떨어진다는 질타로 오해할 소지도 없지 않아 있었다.

엄마는 만지가 챙겨 온 천지의 물건들을 슬쩍 보았다.

"넌 뭐 그런 거까지 챙겨 왔어?"

"쓸데가 있을 거 같아서."

"바느질이나 하면서……."

"학교에서 가끔 써. 근데, 우리 너무 빨리 이사한 거 아냐?"

"주인이 나가라잖아."

"그게 다야?"

"아무리 예부터 애가 죽으면 봉분 대신 돌을 쌓는다지만, 그렇게 험하게 말하면 안 되지. 그냥 나가라고 하면 누가 안 나간대? 어디서 남의 귀한 딸을 잡귀 취급해. 나가지 말라고 해도 나간다. 에이,

망할 노인네. 대충 끝났으면 나가자. 배고프다."

만지는 바지를 탁탁 털며 집을 나서는 엄마를 잠시 지켜보고 곧 뒤따랐다.

만지와 엄마는 아파트 상가 안에 있는 중국집 보신각으로 들어 갔다.

"어서 오셔요."

주인 여자가 두 사람을 사무적으로 맞았다.

"예, 안녕하세요. 우리 짜장면 둘하고 탕수육 작은 거 하나 주세 요."

엄마는 먼저 나온 단무지를 아작아작 씹었다.

"이사할 때는 역시 짜장면이야."

"짜장면 먹으려고 몇 번 더 이사하게 생겼네. 왜 여태 집도 못 사 가지고."

"어이구 이년, 남보다 더하네. 돈 좀 모았다 싶으면 집값이 저기 로 도망가 있지, 니들은 뭐 그렇게 좋은 성적 한번 받아보겠다고 학 원은 꼬박꼬박 다니는지……."

"아, 아, 방금 한 말 취소. 짜장면 나왔네. 드세요."

짜장면이 나왔다. 엄마가 짜장면을 북북 비볐다.

"말로 비수 푹 꽂아놓고, 아니야? 그럼 말고. 그거 사람 잡는 거 야. 너는 취소했다고 하면 끝이겠지만, 비수 뽑은 자리에 남은 상처 는 어떻게 할래?"

엄마는 짜장면을 듬뿍 떠먹었다.

"천지 말이야, 아빠가 아니라 엄마를 닮은 거 같아. 별것도 아닌 걸로 조목조목 따지는 데는 선수들이라니까."

"내 배 속에서 나온 년, 나 닮지 그럼 누굴 닮아."

"엄마 오늘은 씩씩하네. 이사한 집이 맘에 드나 봐?"

"맘에 들기는. 죽은 딸년만 자식이냐? 남은 딸년이라도 씩씩하게 키워야 할 것 아냐."

"나도…… 죽으면?"

"혼자 신나게 잘 살아야지."

주인 남자가 탕수육을 내려놓고 주방으로 들어갔다.

"누구 맘대로 소스를 뒤덮은 거야!"

만지는 탕수육을 마구 뒤적거렸다.

쿵!

화연은 만지와 엄마를 피해 급히 상가 화장실로 들어갔다. 화장실 문 앞으로 만지와 엄마가 지나갔다. 화연은 두 사람에게서 천지의 아우라, 혹은 그것과 비슷한 기운을 느꼈다. 둘임에도 셋인 것 같은, 그중 하나는 문 앞에 서 있는 것 같은 느낌마저 들었다. 고장 난 수도꼭지에서 조르르 흐르고 있는 수돗물 소리마저 두려웠다. 자신이 이곳에 있다고 알려주는 것 같았다.

'저 사람들이 왜……'

화연은 천지와의 기억이 유쾌하지 않았다. 천지는 남 주자니 싫고 가지자니 더 싫은, 그런 친구였다. 친구, 그만하고 싶었다. 하지만 "그렇게 이상한 애는 아니야." 하는 동정틱한 우아한 말로 우쭐함을 누리는 재미와, 이상한 애라는 말을 자주 사용함으로써 끝내 이상한 애로 몰아붙이는 재미도 나쁘지 않았다. 친구 험담이야 그 나이 때는 흔한 일이라며 자신에게 이기적인 당위성까지 부여했다. 그런데 지속적으로 반복된 그 흔한 일이 천지에게는 내성이 생기지 않는 감기와도 같았다. 너무 흔해서 우습게 보이는 병. 방치하면 심각한 병으로 전이되기 쉬운 병……. 삼 년이었다. 화연은 자신의 행동을 데이터처럼 몸에 저장하고 있는 천지가 불편했다. 그런 천지가 죽었다. 쌓인 트림이 한꺼번에 나온 것처럼 시원했었다. 그런데 지금은 전보다 더 꿉꿉한 공기가 몸속에서 우글우글 불어나는 것만 같았다.

화연은 화장실에서 나와 보신각으로 들어갔다.

"엄마, 나 이만 원만. 친구 생일인데, 아침에 말 못 했어."

화연 엄마는 금고에서 돈을 꺼내주었다.

"나도 내가 내 딸이었으문 좋겠네. 허구헌 날 친구 생일이라고 달래, 어디 놀러 간다고 달래. 안 주문 안 되겠지야?"

화연 엄마는 탁자 앞에 앉아 배달용 스티로폼 용기에 단무지를 담기 시작했다.

화연은 입을 꾹 다물고 가게를 나와 버렸다.

우박 섞인 비

MP3플레이어. 천지가 듣는 노래는 항상 다섯 곡을 넘지 않았다. 그 정도는 용량도 얼마 되지 않아 휴대전화에 저장해놓고 들었다. 신곡이 나올 때마다 다운받아 MP3플레이어에 저장하는 만지와는 달랐다. 그런데 느닷없이 MP3플레이어를 사달라고 떼를 쓴 것이다. 보통 아이들이라면 흔하디흔한 행동이지만, 천지가 그러는 것은 매우 낯설었다.

"언니는 그렇게 잔뜩 저장하면 다 듣기는 해?"

"기분 따라 들으려면, 미리 저장해놓는 게 좋아."

"언니 기분은 이백 개쯤 되나 봐?"

"용량만 받쳐주면 천 개도 될 수 있어."

"공부하고 싶은 기분은 몇 개야?"

"없어. 수영이면 수영, 태권도면 태권도, 뭐 그렇게 능력껏 키워 줘야지. 타고난 공부 유전자가 좋은 애들하고 같은 조건에서 공부 하는 거, 불공평해."

"학교가 무슨 태릉선수촌이야?"

"태릉……. 너, 공교육 대변인이냐?"

"근데 언니는 공부 유전자가 좋은 거 같은데, 그런 말 해도 되 나?"

"나 바쁘니까, 얼른 자……."

천지와의 기억은 그렇게 불현듯 튀어나왔다. 만지는 서랍에서 천지의 물건들을 꺼내 커다란 상자에 따로 챙겼다. 천지가 초등학 교 4학년 때 만지가 준 볼펜도 있었다. 구구단이 적힌 종이가 볼펜 속으로 또르르 말려 들어가 있는데, 길 가다가 학원 홍보하는 사람 한테 받은 것이었다. 만지는 구구단을 쭉 잡아 뺐다.

공기청정기는 있는데, 왜 마음청정기는 없을까?

뽑아낸 구구단 뒤에 써 있었다. 글씨체로 보아 4학년 때 쓴 건 아 닌 듯했다. 어림잡아 6학년 아니면 최근일 것이다. 심심풀이로 쓴 것도 아닐 테다. 좋게 말하면 어른스럽고 나쁘게 말하면 피곤할 정 도로 진지했던 천지였으니까.

"쪼그만 게 빈틈이 없어. 아오, 숨 막혀. 119, 119를 불러다오."

만지는 천지와 대화하다가 피곤해지면 이런 식으로 빠져나오곤
했다.

'마음청정기라……'

만지는 볼펜을 상자에 넣어놓고, 붉은 털실 뭉치를 들었다. 심심
하면 뭐든 만들어보라며 천지가 준 실이다. 천지의 유독 하얀 얼굴
이 붉은 털실 뭉치에 겹쳐 보였다.

'엄마하고 내 생각 안 났니? 너, 너무한다……'

만지는 털실 뭉치도 상자에 넣고 뚜껑을 닫았다.

"만지야, 그런 건 나중에 정리하고 책상부터 버리자. 방도 좁은
데 너무 튀어나온다."

그릇 정리를 마친 엄마가 방을 훑어보며 말했다.

"나는 어디서 공부하라고?"

"앉은뱅이책상 하나 사줄게. 거기서 버릴 때 같이 버릴걸 그랬
어."

엄마는 책상 널빤지를 잡아 뺐다. 서랍장과 책장에 연결해야만
책상 역할을 할 수 있는 길고 두꺼운 널빤지다.

"엄마가 이거 들고 나갈 테니까, 넌 서랍하고 의자 들고 나와."

"의자도 버리게?"

"앉은뱅이책상 산다니까. 의자에 서랍 올려서 끌고 와."

만지는 서랍을 열어 미처 꺼내지 않은 물건이 있나 확인했다. 그

런 뒤 의자에 척 올렸다. 이제 키 큰 책장만 남았다.

"어휴, 무거워. 만지야, 의자에 이거 올리자."

"서랍도 미치게 무거워."

"빈 서랍이 뭐가 무거워!"

만지는 서랍장을 내리고 널빤지를 올렸다. 의자 팔걸이에 아슬하게 올려진 널빤지는 떨어질 듯 위태해 보였다. 엄마는 널빤지와 의자를 같이 잡고 밀었다. 만지는 서랍장을 들고 엄마를 따랐다.

"현관 나가면서 돌 때 조심해, 엄마. 널빤지가 너무 길어."

쾅!

만지가 말하기가 무섭게 널빤지가 복도로 떨어졌다.

"뭡니까?"

오전에 이미 쥐 사건으로 신뢰를 잃은 오대오가 또 밖으로 나왔다.

"책상 좀 버리려고요."

엄마는 대충 대답하고 다시 널빤지를 올렸다.

"엄마, 널빤지 위에 서랍 올리면 되겠다."

"너무 위험해."

"제가 도와드릴 일이라도."

구경하던 오대오가 끼어들었다.

"없습니다. 좀 비켜주세요."

오대오가 머쓱하게 복도 옆으로 비켜섰다.

만지는 기어이 서랍장을 널빤지 위에 올렸다가, 다시 내렸다.

"균형 잡기가 힘드네. 아, 아저씨. 냉장고 옆에 유리판 세워뒀거든요? 책상 유린데, 좀 들어주세요. 엄마, 그것도 버려야지?"

"우리가 한 번 더 오면 돼."

"제가 가지고 오겠습니다."

오대오가 얼른 안으로 들어갔다.

"넌 왜 알지도 못하는 사람을 함부로 집에 들어가라고 해!"

엄마가 낮은 소리로 힘주어 말했다.

"나쁜 사람같이 안 생겼는데, 뭘. 가져갈 것도 없잖아."

"생긴 걸로 어떻게 알아? 아오, 저 가르마. 자 대고 탔나 보다야, 라인이 정확해."

오대오가 유리판을 들고 나왔다.

"가죠."

"그러죠."

엄마는 오대오와 똑같은 말투로 대답하고 앞장섰다.

맨 앞에는 널빤지를 올린 의자를 끄는 엄마가, 바로 뒤에는 서랍장을 든 만지가, 그 뒤에는 유리판을 든 오대오가 행렬처럼 복도를 지났다.

"학생 이름이 뭐야?"

오대오가 앞서 가는 만지에게 물었다.

"이만지요."

"근사하면서도, 놀려먹자면 한없이 놀려먹을 수 있는 이름이네."

"아저씨 이름은 뭔데요?"

"추상박."

"뭐요? 엄마야!"

뒤를 돌아본 만지가 기겁을 했다.

"얼굴을 왜 그렇게 유리에 쫙 붙이고 와요! 아, 놀래라."

"얼굴에 유리가 달라붙어서, 덜 미끄럽거든."

"좀 떨어져서 오세요. 아뇨, 뒤 찝찝해."

"조용히 못 따라와!"

엄마가 버럭 소리를 질렀다.

좁은 아파트 복도를 지나 주차장으로 나오자 오대오가 만지 옆으로 왔다.

"아저씨 이름, 추상 박이에요, 추 상박이에요?"

"추 상박. 설마 한국에서 미국식으로 말할까."

"무슨 이름이 앞뒤가 다 성 같어……."

모두 경비실 앞에 모였다. 엄마는 임 씨와 가구 처리 비용을 두고 실랑이를 벌였다. 유리는 공짜, 널빤지 삼천 원, 서랍장 삼천 원, 처리 비용이 모두 육천 원이었다. 그것에 대해 엄마는 널빤지와 서랍이 짝이니 하나로 쳐서 셈해야 한다고 했고, 임 씨는 하나로 쳐도 크기가 커서 가격에는 변동이 없다는 주장이었다.

"영감님, 전에 나한테는 이 서랍만 한 거 오천 원 받았잖아요."

실랑이를 하던 엄마 얼굴이 굳었다.

"그것 봐요, 아줌마. 내 맘대로 받는 게 아니라니까. 다 정해져 있어요."

엄마는 임 씨에게 육천 원을 내밀었다.

"가자, 만지야. 아저씨는 꼭 이천 원 환불받으세요!"

그때, 화연이 경비실 앞을 지나갔다.

"어? 화연아!"

"언니……. 언니가 왜 여기에 있어요?"

"우리 오늘 이사 왔어. 넌 왜 여깄어?"

화연의 표정이 좋지 않았다.

"보신각 집 딸이네."

임 씨가 알은체를 했다.

"상가에 있는 중국집, 거기 너네 가게야?"

"네……. 저도 여기 106동 살아요."

"오우, 초원에서 제일 넓은 평수군. 우린 102동. 엄마, 천지 친구 화연이야."

"그래, 이제 자주 보겠다. 짐 정리가 안 끝나서 우리 먼저 들어간다."

"안녕히 가세요."

엄마와 만지는 아파트로 들어갔다. 하지만 오대오는 쓰레기 처리 비용에 대하여 임 씨와 진지한 대화를 나누느라 들어갈 수 없었다.

집으로 돌아온 화연은 안절부절못했다. 천지네가 보란 듯이 같은 아파트로 이사를 와버린 것이다. 천지가 있다 해도 별반 다르지 않겠지만, 천지가 없는 천지네 식구들은 더욱 달갑지 않았다. 화연은 소파에서 벌떡 일어나 물을 마셨다. 만지가 자신과 천지를 단짝으로 알고 있다면 그렇게 행동하면 됐다. 걸리는 게 있다면 천지와 주고받은 선물교환서 겸 절친각서였다.

"우리 중학생 됐으니까, 기념될 만한 걸로 생일 선물 하자."

"뭐로?"

"난 엠피쓰리. 너 디카 없지? 내가 디카 선물해줄게."

"난 디카 필요 없어, 괜히 비싸기만 하고. 그리고 넌 엠피쓰리 있잖아."

"하나 더 있으면 좋지 뭐. 인터넷에 보면 싼 엠피랑 디카 많아. 만 얼마짜리도 있더라."

"내가 왜 너랑 그런 걸 주고받아?"

"나, 네 발표 듣고 많이 반성했어. 미안해. 내 마음의 각서로 가지고 있고 싶어."

화연이 이렇게 어색하고 틀에 박힌 사과를 할 때는 반드시 뒤에 뭐가 있다. 그래 가보자. 어디까지 가는지. 천지는 화연의 다음 행동을 기대하며 흔쾌하게 응했다. 그리고 두 장의 절친각서에 사인을 한 뒤 각각 한 장씩 보관했다.

"그거 뭐야? 뭔데 사인을 하고 그러냐?"

구경하던 아이가 물었다.

"절친각서!"

화연이 대답했다.

"유치하다. 초딩이냐?"

"응, 우린 그런 사이야."

화연은 아이들에게 수행평가 내용의 주인공이 자신이 아니라고 믿게 할 필요가 있었다. 하지만 절친각서는 천지의 소식을 듣자마자 갈기갈기 찢어 변기에 버렸다. 그렇게 콰르르 변기 속으로 빨려 내려간 종잇조각처럼 천지와의 인연도 끝이라고 생각했었다.

'꼭 그렇게 발표하지 않았어도 됐잖아…….'

천지는 8등에서 10등 사이를 오가며 고른 성적을 유지했다. 사실 그 정도로는 아이들에게 성적으로 강한 인상을 주기는 어려웠다. 하지만 겉으로는 건성건성 공부하는 것처럼 행동해서 맘잡고 공부하면 1, 2등도 문제없을 거라는 이미지를 만드는 데 성공했다. 교과서보다 소설책을 더 많이 읽는 아이로 알려지기도 했다.

"그런 책 재미있냐?"

"필독서로 찍히면 재미없어지니까, 미리 읽어두는 거야."

화연은 성적에 목매는 아이도 별로였지만, 대충 끼적거리면서

자신보다 좋은 성적을 유지하는 천지는 더 싫었다. 말 한마디에 징
징 울어대던 때가 아직도 선한데 언젠가부터 찰나처럼 날카롭게
휙 바라볼 때는, 정말이지 끔찍했다. 하찮은 벌레 따위를 보는 듯한
눈길. 그때라도 멈춰야 했다. 천지에게 말려 들어가는 기분이 들었
을 때, 그만두어야 했다. 이제는 천지의 가족들이 바통을 이어받아
숨통을 조여왔다.

"그런 거 모아서 어디다 팔아먹냐?"
만지는 어디서 났는지 모를 클립 두 개를 꼼꼼하게 챙기는 미란
에게 물었다. 미란은 교실에서 나오는 지우개나 압정, 이가 우둘투
둘해진 자까지 죄다 모았다.
"아줌마들이 토스트 기계나 제빵기 같은 거, 베란다에 모아두거
든? 그런 것들은 다시 쓸 확률 거의 제로야. 꼭 필요한 건 이렇게 잡
스러운 것들이라고."
"네 잡스러움에 경의를 표한다. 나름 메리트가 있어."
"내가 좀 그렇지?"
미란이 쿡쿡 웃었다.
만지는 미란에게 입으로 칙 소리를 날리고 자리에서 일어났다.
"어디 가?"
"화연이 만나러."
화연을 만나야 했다. 어쨌든 화연은 가족을 제외한 천지의 가장

최측근이다. 천지는 충동적으로 자살할 아이가 아니다. 긴 시간을 고민했을 것이다. 만지는 이 사회가 널 죽였다, 식의 거창하고 고상한 변명을 동생에게까지 하고 싶지 않았다. 남들이야 이 망할 사회를 교양 있게 통탄하며 천지를 비운의 아이로 본다 할지라도, 자신은 동생의 죽음을 막지 못한 미련한 언니였다. 진심으로 사과를 해야 했다. '왜인지는 모르지만 일단 미안하다.'는 식으로 끝낼 일이 아니었다. 유서는 고사하고 그 흔한 일기장 하나 남기지 않은 천지. '왜?'를 밝히는 건, 만지 자신의 몫이라 생각했다.

"끝나고 전에 돈가스 먹은 데서 좀 보자."

"왜요?"

"내 동생 단짝이자 내 후배한테 한턱 쏘려고 그러지."

"저 오늘 청소 당번이에요."

"마치고 천천히 와. 책이나 읽으면서 기다리지 뭐."

"네……."

만지가 교실로 돌아갔다.

화연은 창가에 모여 있는 아이들이 자신을 지켜보고 있다는 걸 알았다. 만지가 교실까지 찾아왔다는 건 분명 관심을 끌 만한 일이었다. 하지만 대수롭지 않다는 표정으로 교실을 나가 버렸다. 곧 아이들의 뒷담화가 시작됐다.

"아까 그 선배, 천지네 언니 맞지? 왜 왔지?"

"김화연이 천지 엄청 가지고 놀았잖아. 그것 때문에 온 거 아닐까?"

"설마."

"설마는 무슨, 김화연 얼굴 봤냐? 완전 쫄았더라."

"하긴. 나 김화연 초등학교 동창이랑 같은 학원 다니는데, 말 들어보니까 끝내주더라. 생일날 천지만 다른 애들보다 늦게 불러서, 다 먹고 찌꺼기만 남았을 때 오게 했단다."

"김화연, 진짜 재수 없다."

아이들 말을 듣고 있던 미라는 놀라지 않을 수 없었다. 그 오래된 이야기가 이렇게 버젓이 살아 있다니. 그럼 그땐 왜 화연에게 아무 말도 하지 않았을까? 그러나 미라는 곧 의문을 거두어야 했다. 자신도 그날, 그 자리에 있었으니까. 천지가 화연의 장난으로 남들보다 한 시간 늦은 3시에 왔다는 걸 알고 있었으니까. 그럼에도 지금까지 아무 말도 하지 않았으니까.

"미라야, 너 김화연이랑 초등학교 동창이지?"

"응."

"천지가 진짜 당하기만 했어? 중학교에 와서는 안 그랬잖아. 뻥이지?"

"김화연이 욕하고 다니는 거 남들은 다 아는데, 천지만 모르더라."

"원래 소문이란 게 그렇다니까!"

"우리 할머니는 천지가 아들이 아니라 다행이란다. 그럼 딸은 죽어도 되냐?"

"너네 할머니 뭐야!"

아이들이 동시에 인상을 찌푸렸다.

"야, 야, 김화연 온다."

화연이 교실로 들어왔다. 창가에 모여 있던 아이들이 큰 소리로 웃기 시작했다. 마치 방금 전까지 매우 재미있는 이야기라도 한 것처럼. 하지만 급조한 웃음은 소리만 클 뿐 공명이 매우 낮았다. 웃음을 유발시킨 구체적 정보가 없어 어색하고 허무하게 사그라질 뿐이었다.

"나는 가서 숙제나 해야겠다."

"맞다, 숙제 있지."

화연은 아이들의 어색한 행동에서 자신의 모습을 보았다.

"또 조별 과제야."

"천지 시켜. 소설책을 많이 봐서 그런지 은근히 느끼하잖아."

"즐기는 거 아냐?"

"그럴 수도 있어. 이상하게 성숙한 여인의 냄새가 나."

"야, 야, 천지 온다."

화연은 툭하면 천지를 들먹였다. 이제 천지 대신 자신의 이름이 거론될 것이다. 이야기는 점점 더 구체적인 상황까지 치달을 테고, 확인되지 않은 모호한 소문이 떠돌다 사라질 것이다. 그런 화연의 생각은 크게 틀리지 않았다. 삼삼오오 모인 아이들의 대화에는 쉬이 화연이 등장했고, 화연의 행동이나 말을 보거나 들은 적 있다는 정체 모를 증인들이 속속 등장했으며, 그 증인들에게 들었다는 소문들이 빠르게 퍼지고 있었다.

벌써 청소는 마무리 단계였다. 화연은 초조했다. 밖에서 기다리고 있을 만지가 내내 신경 쓰였다. 만지가 '왜?'라는 원인 규명성 의문을 품고 있다면, 화연은 '내가 뭘?'이라는 회피성 의문을 품고 있었다. 천지가 싫었다. 그래서 험담도 했고 골탕도 먹였다. 그렇다고 천지가 자살을? 그렇다면 반 아이들에게 집중적으로 괴롭힘을 당하고 있는 왕따 미소는?

"네가, 천지 아빠 자살했다고 했지?"

미라가 화연 옆에서 의자를 내리며 물었다.

쿵!

너무 놀란 화연은 미라를 볼 수조차 없었다. 단순하게 소문 확인 차원의 질문이 아니었다. 화연이 그런 말을 했다는 것을 확실하게 못 박는 질문이었다.

"내가 언제?"

화연은 호흡을 조절하며 자연스럽게 되물었다.

"네 생일날 너네 중국집에서 애들 모아놓고 그랬잖아."

청소하던 아이들이 몰려왔다.

화연은 침을 꿀꺽 삼켰다. 과거에 아이들은 어떤 소문을 들으면 '누가 그러는데'보다 소문 속 '그 일'에 집중했다. 그런데 천지의 죽음 뒤로 책임론이 급부상했다. 아이들이 이제는 '누가'와 '왜'에 집중하기 시작한 것이다. 물론 이제는 맘껏 떠들어도 정정할 천지는 없다. 그럼에도 불구하고 오히려 더 말하기 거북했다. 산 자보다 더 숨 막히는 죽은 자의 이야기. 죽어서야 타오르는 생명을 얻은 자의 이야기. 화연의 얼굴이 하얗게 질렸다.

"네가, 천지 아빠가 자살해서 천지가 항상 어둡고 직직하냐고 했잖아."

"그랬나? 나도 소문으로 들은 거라 기억이 잘 안 나네."

"우리 언니, 천지 언니랑 같은 반 친구거든? 우리 언니 말 들어보니까, 천지 아빠 자살이 아니라 사고로 돌아가셨다더라."

"뭐야, 뭐야! 자세히 말해봐!"

아이들이 미라를 다그쳤다.

화연은 미라를 노려보았다.

미라는 화연의 눈빛을 고스란히 받아내며 가소롭게 웃었다.

그날, 화연의 생일날이었다.

"부인하고 딸들까지 있는데, 무슨 자살을 하냐? 그러니까 천지가 음침하잖아."

화연은 인상을 찌푸리며 매우 안쓰러운 표정으로 말했지만, 결국은 천지 아빠와 천지를 험담하고 있을 뿐이었다. 자신의 말에 동

조를 구하듯 큰 소리로 웃어젖힌 것도 말만큼이나 야비한 행동이었다. 그리고 천지가 보신각으로 들어왔다.

"어머, 내가 3시라고 썼니? 미안해."

역시 황당한 제스처를 취했던 화연.

"괜찮아, 생일 축하해."

"엄마, 얘 이제 왔는데, 짜장면 하나만 해줘."

저 어색한 관대함이라니. 미라는 너무 뻔한 거짓말에 화가 났다. 그럼에도 곧장 돌아가지 않은 천지와 짜장면이라도 먹으니 다행이라던 아이들. 지나치게 무례한 생일 초대였다. 베스트 프렌드라던 천지에게만 시간을 잘못 써줬다? 왜? 화연의 부모님도 이상하기는 마찬가지였다. 배달하는 음식 중에는 탕수육도 꽤 되었다. 하는 김에 양을 조금만 더 해서 천지에게 줄 수도 있지 않았을까? 작은 접시에 담을 만한 양이면 됐을 텐데. 불쾌하고 불편했던 생일 파티. 미라는 그날 이후로 화연과 가볍게 인사만 할 뿐 친하게 지내지는 않았다.

"너 그날, 천지 아빠 얘기할 때 끔찍했어. 되게 신나는 일처럼 말했거든."

미라는 화연에게 생일 초대를 받은 그해 봄, 엄마를 잃었다. 오랫동안 병석에 누워 있던 엄마였다. 차라리 엄마가 없었으면 할 때도 있었다. 집에 친구를 데리고 올 수 없는 까닭에 혼자가 편했다. 그랬던 엄마가 임종을 앞두자 평생 병석에 누워 있더라도 제발 살아

있기만을 바랐다. 엄마가 생명의 끝에 다다른 후에야 든 늦은 후회였다. 화연은 잔인했다. 천지 아빠가 어떻게 죽었든 농담거리로 삼으면 안 됐다. 그렇게 떠드는 딸을 아무렇지 않게 바라보던 화연의 부모 역시 다를 바 없었다.

미라는 가방을 멘 채 옆 분단 의자를 빠르게 내리고 교실을 나갔다.

아이들도 우르르 미라를 따랐다.

아이들에게서 지난날의 흔적이 들춰지고 있었다. 맞장구치며 함께 떠들던 아이들은 이제 증인이 됐고 폭로자가 되었다. 화연은 자신이 막다른 골목에 다다랐음을 깨달았다.

'사실대로 말하자…… 따지고 보면 별거 아니잖아.'

온 길을 다시 돌아가 처음으로 가는 것이 그래도 나았다. 담 뒤에 무엇이 있을지 모르는 상황에서 무작정 담을 탈 수는 없었다. 왕따를 시킨 것도 아니다. 이유야 어쨌든 항상 실패했으니까. 인터넷에 떠도는 영상처럼 잔인하게 때리거나 가두지도 않았다. 그저 장난을 좀 친 것뿐이다. 화연은 크게 심호흡을 하고 분식집으로 들어섰다.

"언니."

"앉아. 배고프지?"

"네."

만지가 돈가스와 떡볶이를 주문했다.

"천지 없어서 너 심심하겠다."

만지가 화연 앞에 포크를 놓으며 말했다.

"……."

"네가 그 아파트에 살 줄 누가 알았어."

화연은 대답 대신 살짝 웃었다.

"너희들 요즘 엠피쓰리 다 있지?"

"거의 다 있는데요, 귀찮아서 안 가지고 다니는 애들도 많아요. 요즘은 휴대폰 용량이 커서 그걸로 들어도 되고, 용량 모자라면 메모리 사서 끼워도 되잖아요. 천지도 아마 휴대폰으로 들었을걸요?"

"그랬던 애가 갑자기 엠피쓰리를 사달라고 조르더라. 아주 최신형으로."

"저랑 선물 교환하기로 해서 그랬을 거예요. 근데 최신형이 아니라 인터넷에서 싸구려 사주기로 한 건데……."

"선물 교환?"

"우리 생일이 비슷하잖아요. 그래서 나는 천지한테 디카 사주고, 천지는 나한테 엠피 사주기로 했어요."

"쪼그만 것들이 무슨 디카하고 엠피냐!"

"인터넷 보면 이만 원도 안 하는 거 많다니까요."

"그런 거 잘 고장 나. 나 만 구천 원짜리 엠피 샀었는데, 얼마 쓰니까 충전이 안 되더라. 컴에 꽂아야만 들을 수 있다니까? 그럼 뭐 하러 엠피 써. 그냥 컴으로 듣지. 그런 거 사지 마."

"귀엽잖아요. 잃어버려도 별로 안 아깝고."

"이런 초딩 마인드를 가진 중딩들을 봤나."

주문한 음식이 나왔다.

"잘 먹겠습니다."

만지는 화연을 바라보았다. 장소도 메뉴도 똑같은데, 천지만 없다. 아팠다.

"천지가 너 참 좋아했나 보다. 아주 최신형으로 사주고 싶어 했던 걸 보면."

"저도 천지한테 말은 안 했지만 좋은 걸로 사주려고 했어요. 근데 처음부터 그렇게 말하면 천지가 부담스러워할까 봐, 그냥 싼 거로 하자고 한 거예요."

"넌 왜 좋은 걸로 사주려고 했는데?"

"천지한테 잘못한 게 많거든요. 중학생 됐으니까 다 잊고 새로 시작하고 싶었어요. 게다가 천지는 생일 파티도 안 하잖아요. 그래서 선물이라도 좋은 걸로 해주고 싶었어요."

생일 파티. 천지뿐 아니라 만지도 한 적 없다. 엄마가 퇴근하면서 들고 오는 케이크와 얼마간의 용돈이면 충분했다. 집안 형편이 생일 파티도 못할 만큼 비루했다기보다 잦은 이사 때문에 생일 파티를 할 만큼 친구 관계가 넓지 못했다. 앞으로도 더 이상 생일 파티를 꿈꿀 수 없는 동생…….

"하하하. 뭘 그렇게 잘못했는데?"

"뒤에서 욕도 많이 하고, 흉도 보고…… 그랬어요."

"귀여운 것들."

"천지가 언니처럼 굴 때가 많아서 얄미웠어요."

"천지가 좀 그런 면이 있지. 나도 가끔 걔가 언니 같을 때가 있었어."

그때 화연의 눈에서 눈물이 뚝 떨어졌다. 화연은 얼른 냅킨을 뽑아 눈물을 닦았다. 계획에 없던 눈물이었다. 통제가 불가능한 눈물. 두려웠다. 누군가 심장에 대고 "너!" 하고 호통치는 것 같았다.

'멈춰! 제발…….'

"친구가 좋긴 하다. 언니인 나보다 더 울어주고. 근데 너, 나빴다."

만지는 돈가스가 너무 바짝 튀겨졌다며 포크를 내려놓았다.

화연도 떡볶이가 너무 맵다는 이유로 포크를 내려놓았다.

"만지야, 밥 먹자!"

"아침 좀 거르면 안 돼?"

"너야 의자에 앉아서 편하게 시간 때우니까 대충 먹어도 되지. 나는 창고에서 물건 꺼내다 진열해야지, 종일 서서 두부 부쳐야지. 밥심 없으면 쓰러져. 고객 존중은 얼어 죽을. 직원 존중은 안 하나?"

"어디 앉아서 부쳐."

"어디 같은 소리 한다."

"하긴, 여기저기 의자가 있으면 복잡할 거 같기는 해."

"누가 소파 달래? 엉덩이 걸칠 수 있는 작은 기둥만 있어도 원이 없겠다."

"그게 뭐야. 엉덩이 배기겠네."

"오죽하면. 나는 오줌 싸러 갈 때가 제일 좋더라. 잠깐이라도 앉잖아. 며칠 전부터 계산대 쪽에는 의자 났는데, 얼마나 부럽던지. 근데 눈치가 보여서 그런가, 걔들도 아직은 잘 못 앉더라."

"의자는 의자고, 엄마 혹시 반찬 힘은 안 필요해? 반찬이 뭐 이래?"

"아까 거르면 안 되냐고 한 건 뭐야? 찌개 있지. 김치 있지. 아침에 뭘 더 바래. 매끼 안 굶고 먹는 거 행복한 줄 알아. 나는 밥 한 끼를 제대로 못 먹고 자랐다."

"엄마는 부모님하고 패밀리 레스토랑 가는 애들은 안 보여? 내가 니 나이 때는 밥도 제대로 못 먹었다, 꼬박꼬박 밥 먹는 너는 닥쳐. 그거야?"

"이게!"

엄마가 숟가락으로 밥상을 탕 내려쳤다.

"반찬에서 좀 벗어난 얘긴 줄은 아는데, 자식은 가슴에 묻는다며? 근데, 엄마는 안 그런 거 같아. 그날 다 흘려보낸 것 같아."

"가슴에 묻어? 못 묻어. 콘크리트를 콸콸 쏟아붓고, 그 위에 철물을 부어 굳혀도 안 묻혀. 묻어도, 묻어도, 바락바락 기어 나오는 게 자식이야. 미안해서 못 묻고, 불쌍해서 못 묻고, 원통해서 못 묻어."

엄마는 맨밥을 듬뿍 퍼서 우걱우걱 먹었다.

"남편 복 없는 년은, 자식 복도 없다더니……."

"근데, 엄마. 부모 복 없는 애는…… 친구 복도 없어."

만지는 숟가락을 내려놓고 후다닥 방으로 달려갔다.

"너 이리 안 와!"

"아뇨, 오현숙 여사. 밥 드세요, 밥. 밥심. 응? 엄마 힘!"

만지는 가방을 메고 슬쩍 엄마를 피해 현관으로 나갔다.

"학교 다녀오겠습니다!"

"뭐 저런 게 내 배 속에서 나왔어. 아유, 가슴 답답해……."

엄마는 앉은 채로 손만 뻗어 냉장고 문을 열었다.

천지의 죽음은 학교 측에서도 매우 난감한 사안이었다. 자칫하면 대외적으로 고질적인 학교 폭력이나 왕따 문제를 안고 있는 학교로 낙인찍힐 가능성이 농후했다. 천지가 죽은 장소가 어디였든 학교에 적을 둔 학생이니 빠르게 진상 조사를 벌여야 했다. 그리고 학교 측과는 별개로 천지의 담임선생님도 신속하게 움직였다.

천지의 장례식에 다녀온 다음 날, 선생님은 화연을 조용히 불렀다.

"천지하고 초등학교 때부터 단짝이라며? 많이 속상하겠다."

"초등학교 때부터 친구인 건 맞는데요, 단짝은 아니었어요."

"다른 애들은 그렇게 알고 있던데?"

"천지가 단짝이라고 하고 다녔어요. 저는 다른 애들하고 똑같이 대했는데, 천지는 자기한테만 그러는 줄로 알았나 봐요. 전 사실, 천지 좀 부담스러웠거든요. 그래서 일부러 피하기도 했는데, 눈치를 못 채더라고요."

다분히 중학교 1학년 아이가 가지고 있을 불만과 불안, 걱정이 밴 목소리였다. 죽은 아이라고 무조건 동정하거나 감싸지 않는 냉정한 솔직함도 엿보였다.

"그냥 싫다고 하지 그랬어?"

"착한 앤데 너무 직접적으로 말하면 불쌍하잖아요."

선생님은 천지를 잠시 떠올렸다. 늘 책을 읽거나 뜨개질을 했고, 수업은 건성건성 듣는 듯했으나 필기는 상당히 꼼꼼하게 했다. 친구들과 우르르 몰려다니지는 않아도 소소한 잡담이나 장난은 자주 하는 아이였다.

"혹시 노는 애들이 천지 괴롭혔니?"

"걔네들도 천지처럼 조용히 공부만 하는 애들은 잘 안 건드려요. 2반에 박수경이라고 있잖아요? 걔 진짜 노는 애거든요. 근데 둘이 친한지 체육복도 서로 빌려주고 그러더라고요."

"그랬구나. 근데, 너 수경이랑 친하지 않니?"

순간 화연의 볼 근육이 단단히 굳었다.

"안 친해요. 초등학교 때 초대하지도 않았는데 생일 파티에 왔더라고요. 제 친구의 친구였어요. 왔는데 가라고 할 수도 없고, 그래서 그냥 좀 알아요."

"어쩌면 그때 천지하고 수경이가 친해졌을 수도 있겠다. 그치?"

"그건 잘 모르겠어요."

선생님은 순간 흔들린 화연의 눈동자를 주시했다. 화연의 말은 이미 수경과 나눈 대화와 이가 잘 맞지 않았다. 이틀 전, 선생님은 아이들에게 천지의 소식을 짧게 전하고 서둘러 종례를 마쳤다. 물론 사고사로 알렸지만 눈치 빠른 아이들은 자살임을 금세 알아차렸다. 선생님은 아이들을 모두 돌려보내고 자신도 퇴근하는 것처럼 교무실에 잠깐 들렀다. 그리고 다시 교실로 와보니 수경이 잠긴 교실 문 앞에 서 있었다. 2학기면 노는 아이들이 어느 정도 구별되기도 하는 때여서, 앞 반 아이지만 선생님은 수경을 알고 있었다.

"우리 교실에 무슨 볼일이라도 있니?"

"아니요. 저기, 이거……."

수경은 천지에게 빌린 체육복을 들고 있었다. 체육복 주인이 다른 아이였다면 대수롭지 않게 선생님이 대신 받아놓을 수도 있었다. 그런데 체육복 주인은 천지였고, 빌려 간 아이는 노는 아이로 유명한 박수경이었다.

"잠깐 교실에서 얘기 좀 할래?"

선생님은 교실 문을 열고 수경을 바라보았다.

수경은 교실로 들어와 3분단 맨 앞자리에 털썩 앉았다.

"네가 왜 천지 체육복을 가지고 있니?"

"빌렸어요."

"언제?"

"……1학기 때요."

"1학기? 근데 왜 이제 가져왔어?"

수경은 어깨에 힘이 쑥 빠졌다. 눈빛에 드러나는 멸시와 무시. 수경은 국어 선생님의 얼굴에서, 비웃음 잔뜩 섞인 목소리로 "그 래?" 하고 되묻던 몇몇 선생님들의 모습을 보고 만 것이다. 사실이 거짓이 되고, 차라리 거짓을 진실이라고 믿게 대답해야 '그럼 그렇 지.' 하는 표정으로 "나가 봐."라고 했던 선생님들. 진실이 아니라 선생님 마음에 드는 말을 해야 빠져나갈 수 있는 게임이었다.

"이천지가, 자기는 새로 샀다면서 가지라고 했어요."

선생님 얼굴에서 비실비실 웃음이 새어 나왔다.

"천지가 그냥 너 가지라고 했단 말이지? 1학기 때 빌린 거면 새거 였을 텐데 말이야? 도대체 언제 가져다줬기에 다시 샀다고 하니?"

"……가져다주는 걸 깜빡했어요. 필요하면 찾으러 올 줄 알았고 요."

"네가 뭔데 빌려주고도 감사한 마음으로 찾으러 가야 되니? 아하, 노는 애님이시다, 그거지? 돌려주는 것만 해도 감사한 줄 알아라?"

선생님은 수경을 노려보았다. 학창 시절에도 종종 있었던 일이다. 지나가는 아이 하나 세워놓고 훈계를 가장한 위협을 했던 아이들. 다른 아이 볼펜 따위는 아무렇지 않게 빼앗아 갔던 아이들. 그아이들도 그랬다. 빌려달라고…… 선생님은 그 아이들과 수경의모습이 겹쳐 보여 순간 분노가 치밀었다.

"구타빨하고 욕빨이 언제까지 먹힐 것 같니? 딱 열아홉 살 때까지야. 줄여 입든 땡겨 입든, 교복빨로 학생 자격 유지하고 있는 그때까지. 나중에 우연히 동창이라도 만나 봐. 때린 너하고 맞은 애들하고 누가 더 쪽팔릴 것 같아? 졸업 앨범만 봐도 노는 애들은 확 티가 나. 그런 애들일수록 나중에 자기 사진 다 오려내지. 근데 어떡하니. 그러고 다닌 거 알고 있는 산증인들이 앨범에 그득한데. 네행동 기억하는 애들이 선배 후배 동창까지 수백 명이야. 아주 평생…… 그게 얼마나 무서운 건 줄 알아?"

"전 체육복밖에 안 빌렸는데요."

"그랬겠지. 넌 체육복 하나만 생각하면 됐겠지만, 빌려주는 천지는 여러 가지가 떠올랐겠지. 만약에 안 빌려주면, 만약에 안 빌려주면!"

"김화연이 나랑 이천지 체격이 비슷하니까, 걔한테 빌리면 될 거라고 해서 빌린 거예요!"

"김화연? 너 화연이랑 친해?"

느닷없이 거론된 화연 때문에 선생님은 잠시 혼란스러웠다.

"6학년 때, 생일 파티에 초대받은 다음부터 친했어요."

"천지하고 화연이하고 단짝인데, 그럼 너도 천지랑 친했겠네?"

"아뇨. 전 이천지 같은 애 별로예요."

"왜?"

"그냥, 그런 애 재수 없어요."

"나중에 알 거다. 누가 재수 없는 애인지. 나가 봐. 체육복은 거기에 두고."

생전의 모든 일을 어린 무덤 속에 고이 묻어둘 순 없다 해도, 우박 섞인 거친 비로 무덤에 상처를 주는 일은 없어야 했다. 일말의 동정심마저 없는 걸까? 선생님은 소름이 끼쳤다.

수경은 자신을 하찮게 바라보는 선생님을 짧게 노려보고 시선을 창밖으로 돌렸다.

'씨발년이 왜 죽어서는⋯⋯.'

수경은 종례 시간에 화연으로부터 메시지를 받았다.

천지 자살했대. 담임은 사고라고 하는데, 집에서 무슨 사고?

순간 1학기 때 빌린 체육복이 생각났다. 그래서 종례가 끝나자마자 얼른 3반으로 달려왔다. 천지의 체육복을 책상 속에 넣어둘 생각이었다. 죽은 아이의 체육복을 가지고 있다는 건 찜찜한 일이었다. 그런데 3반은 이미 문이 잠겨 있었다. 그리고 국어 선생님을 만나고 만 것이다. 그냥 버려야 했다. 수경은 체육복을 입었을 때도 느끼지 못했던 천지의 감촉이 그제야 온몸에 살아나는 것 같았다. 수경은 의자를 북 끌고 일어나 곧장 교실을 나갔다. 선생님에 대한 예의 따위는 이미 상관없었다.

선생님은 그런 수경을 바라보며 이를 악물었다. 이야기 중에 자신도 모르게 손이 나갈 것 같아 얼마나 주먹을 꼭 쥐었는지 손바닥에 손톱자국이 날 정도였다. 잘못했다가는 언젠가 아이들이 말한 초짜 선생님의 통과의례를 치를 뻔했다.

1학기 초에 대대적으로 교내폭력방지 캠페인 교육이 있었다.

"흔들리지 마세요. 스스로 문제라고 낙인찍지도 마세요. 나는 언제든지 여러분을 기다립니다."

피식피식 웃는 아이들도 있었지만 그래도 자신 있었다. 편견 없이 대하다 보면 언젠가는 다른 선생님들과 다르다는 걸 알아줄 거라고 믿었다. 그런데 천지 사건을 겪으면서 자신도 별반 다를 게 없는 그런 선생님이었다고 생각하니, 아이들의 웃음이 이제 와서야 비참하게 느껴졌다. 그리고 아이들이 평가했던 자신의 모습이 어쩌면 정확했을지도 모른다는 생각마저 들었다. 선생님은 제자들의 홈페이지를 몰래 순회하다가 한 아이의 홈페이지 게시판에서 자신의 이야기를 본 적이 있다. 캠페인 교육을 마친 지 얼마 안 되는 날이었다.

아이는 선생님이 아직 초짜라 의욕만 왕성하다고 했다. 저런 선생님한테 잘못 걸리면 재수 없다. 한 대 맞고 끝날 일도 괜히 크게 벌인다. 하지만 딱 삼 년만 지나면 사랑으로 감쌀 일 매나 벌로 감싸고, 매나 벌로 감쌀 일 무관심으로 감쌀 거라고 했다. 놀라운 건 글 아래로 많은 동의 댓글이 달렸다는 것이다. 사명감 불타는 초짜 선생님의 딱지를 떼는 통과의례가 있는데, 아이들은 그것을 '정신 줄 놓고 패기'라고 했다. 자기들 사이에서 전설처럼 전해 내려오는 이야기라며 줄줄이 써놓은 글을 보고 선생님은 뒤통수를 얻어맞은 것 같았다.

아이들의 글을 정리해보면 대략 이렇다. 초짜 선생님이 항상 미소 담뿍 담은 얼굴로 아이들을 대하다 보면, 꼭 머리 꼭대기에 올라앉는 아이가 생기게 마련이다. 대차게 노는 아이라면 선생님도 은근 겁을 먹거나 꼴통 취급을 해서 참아버리는데, 꼭 노는 것도 아니고 안 노는 것도 아닌 삐리리한 것들이 갑자기 성질을 부린다는 것이다. 상대가 학생주임급이라면 된통 터져도 굳게 참을 것이, 초짜 선생님이라고 우습게 본 것인지, 이참에 대차게 놀아보겠다는 것인지, 눈에 쌍심지를 켜고 덤빈다고. 내개의 경우 시작은 아주 사소하다.

"거기 조용히 하자."

학생은 선생님의 경고를 무시한다.

"조용히 하라고 했지?"

역시 무시하고 떠든다.

"뒤로 나가!"

학생은 도도한 자세로 썩은 미소를 날린다.

"너 태도가 그게 뭐야?"

"내가 뭘요, 선생님이면 단가……."

이쯤에서 학생은 반말성 존댓말로 선생님의 비위를 상하게 한다.

"방금 뭐라고 했어?"

"씨발, 선생님이면 다냐고요!"

바로 이때, 초짜 선생님은 정신줄을 놓게 된다. 노련한 선생님이라면 '너 죽을래?' 하는 강렬한 눈빛으로 제압하든지, 진짜 잘나가는 아이를 지목해서, "쟤, 입 다물게 해라."라고 시킨다. 그런 아이일수록 잘나가는 아이의 말 한마디면, 아니 그냥 스윽 보기만 해도, 순식간에 평정되기 때문이다. 이때도 매우 신중하게 '잘'나가는 아이를 선택해야 하는데, 자칫하면 "선생님이 조용히 시키세요."라며 제대로 궁지에 몰리는 조롱을 당할 위험이 있다.

노는 아이들에게도 급이 있는데, 보스급, 양아치급, 똘마니급, 날라리급으로 나뉜다. 가볍지 않고 묵직한 보스급을 선택해야 한다. 그런데 초짜 선생님은 저런 상황에 처하면 가슴이 벌렁벌렁해서, '난 선생이고 넌 학생이야.'가 아니라, '난 때릴 거고 넌 맞을 거야.'로 돌변한다. 때려보지 않아서 때리는 폼도 어설프다. 그저 손가는 데가 때릴 데고, 맞은 데가 때린 데다. 멈추는 타이밍을 잡지 못해 쉽게 멈추지도 못한다. 누군가의 저지가 없으면 끝나지 않는, 때리는 선생님 스스로도 화가 나는 골 때리는 체벌인 것이다. 맞는 아이라고 별반 다를 게 없는데, 평소에 선생님들이 흔히 하는 말임에도 그날은 뭐가 씌었는지 매우 거슬린다. 자기도 모르게 틱 대들고 난 뒤에야 이미 엎질러진 물이라는 걸 깨닫는다. 하지만 보는 눈이 있으니, '계급장 떼면 당신이나 나나.' 하는 심정으로 대들 수밖에.

이렇게 아주 사소한 일로 선생님이 정신줄을 놓고 마는 일을 두고, 아이들은 초짜 선생님의 통과의례, 즉 신고식이라고 했다. 신고식을 거치면 비로소 대한민국의 정식 선생님이 되어, 앞으로 계속 때리는 선생님이 되든 무관심으로 초지일관하는 선생님이 되든 한다는 것이다. 하여튼, 아이들은 아직 전설의 신고식을 치르지 않은 담임선생님을 사명감만 불타는 순진한 초짜 선생님이라고 정의했다.

도대체 뭘 어떻게 해결해주려고 자꾸 찾아오래.

선배가 때린다고? 나쁜 선배는 아닐 거야. 충분히 이야기해보면 돼. 뭐? 그래도 피 터지게 맞았다고? 이런, 심리 치료사한테 보여야겠군.

그래도 선생님은 저런 장난 글에도 웃어넘길 만큼 여유가 있었

다. 댓글뿐 아니라 캠페인 교육이 있던 날 돌발적인 천지의 질문에
도 그랬다.

"문제가 없는 애의 문제는요?"

"이제 문제가 생겼을 테니, 언제라도 나를 찾아오도록!"

학기 초인 데다가 아직 천지의 성격을 파악하지 못한 탓이었다.
실수였다.

선생님은 화연에게 한 번 더 기회를 주고자 물었다.

"내가 우연히 복도에서 봤는데, 너하고 수경이 되게 친해 보이던
데?"

"선생님이 잘 몰라서 그래요. 박수경 걔, 초등학교 때부터 놀던
애예요. 모른 척하면 모른 척했다고 욕해요. 우연히 만나면 그냥
친한 척하는 게 나아요."

선생님은 고개를 끄떡였다. 이런 상황에서 불리한 아이는 역시
노는 아이였다. 이미 선입견에 노출된 수경이 선생님에게 곧이곧
대로 받아들여질 리가 없었다. 선생님은 체육복에 관해서는 화연
에게 더 이상 묻지 않고 면담을 마쳤다.

선생님보다 먼저 조사를 시작한 학교 측은, 천지의 죽음을 신상
비관으로 인한 자살로 잠정적 결론을 내렸다. 선생님은 그 의견에
전적으로 동의할 수는 없었지만, 그렇다고 이의를 제기할 수도 없
는 상황이었다. 학교 측과 경찰이 신속하게 밝혀낸 사실은 '천지가
죽었다.'는 것뿐이었다. 쓸쓸했다.

만지는 초록색 이름표만 보면 저절로 눈이 갔다. 1학년 초록색, 2학년 노란색, 3학년 분홍색이다. 너무 빨리 이름표를 버린 동생······. 초록색 이름표를 단 천지의 교복은 아직 옷장에 그대로 있었다.

"만지야!"

만지가 교문을 막 통과할 때, 뒤에서 미란이 불렀다.

"너 치마 너무 짧아졌다. 좋겠다, 쑥쑥 커서. 에이, 이거 안 잡나?"

미란이 만지의 치마를 툭툭 쳤다.

"중3치고 치마 길이가 너무 정직한 네가 걸려야지. 곽미란, 다른 애들은 산뜻하게 무릎 위로 다 올라가는데, 너만 왜 갑갑하게 무릎 아래야. 반항해? 양말은 자율화된 지가 언젠데 아직까지 흰색 커버 양말이야? 너 몇 학년 몇 반이야?"

만지는 담임선생님 말투를 흉내 냈다.

"과학 노트 빌려달래서 가져왔는데, 안 빌려준다!"

"그러시던가. 뉴턴 영감은 사과가 떨어지면 냅다 주워 먹고 말 것이지, 뭐하러 만유인력 따위는 발견해서 전 세계 학생들을 괴롭히는지 모르겠다고 쓰지 뭐."

그때, 옆을 지나던 두 아이와 만지의 눈이 마주쳤다. 천지 장례식 때 국어 선생님과 함께 온 아이들이다. 아이들은 고개를 살짝 숙여 인사했다. 서로 반갑지 못한 인사였다. 만지는 피식 웃어주고 학교

건물로 먼저 들어갔다.

"걔가 뭐래?"

자리에 앉자마자 미란이 물었다.

"고백하더라. 천지 못살게 굴었다고."

"완전히 고단수네. 그래서?"

"별거 아니다 했지. 네 동생은 뭐래?"

"천지가 혹시 화연이한테 무슨 약점이라도 잡힌 건 아닌가 하더라."

"무슨 약점?"

"알면 말해줬겠지. 신기하지 않냐? 너네가 이사 간 곳이 왜 하필 그 아파트냐고. 처음 식사한 데도 걔네 중국집이라며. 으스스하다."

"너 영화 심하게 봤다. 1교시 수학이지?"

만지는 미란의 말을 무시하고 볼펜을 꺼내 꼭지를 꾹꾹 눌렀다.

"에이, 안 되네. 버려야겠다."

"버리려면 나 줘."

"솔직히 말해봐. 너 이런 거 모아서 어디다 팔지?"

미란은 피식 웃으며 볼펜을 분해시켰다.

"폐품으로 작품 만들기 할 때 쓰면 좋아. 스프링은 진짜 요긴하거든. 그나저나, 조금 있으면 체력장이다. 미치겠네."

"모아둔 스프링 좀 쓰지? 등에 붙이면 윗몸일으키기 할 때 효과

좋겠는데?"

미란이 만지를 흘겼다.

"만지랑 미란이! 아침부터 왜 이렇게 떠들어?"

어느 틈에 뒷문으로 들어온 담임선생님이었다.

만지와 미란은 재빨리 고개를 숙였다.

키 큰 피에로

만지는 또다시 천지의 물건들을 살폈다. 수첩을 일일이 한 장씩 넘겨가며 혹시 남겼을지 모를 메모를 찾았다. 그러나 동네 꼭대기 공원 안에 있는 시립도서관 대출증 말고는 별다른 건 발견하지 못했다. 플라스틱 대출증에 새겨진 천지의 사진이 가슴 아팠다. 성능 나쁜 프린터로 인쇄한 것처럼 거칠고 헐거운 느낌의 사진⋯⋯. 천지가 떠나면서 사진에 찍힌 영혼까지 걷어 갔을까? 사진마저 죽어 버린 느낌이었다.

"웬일로 밤늦게까지 공부하나 했다."

직접 열쇠로 문을 열고 들어온 엄마다.

"뭐 좀 찾아."

"맨 앞집, 창문으로 슬쩍 보니까 그 집 애는 공부하고 있더라."

"또, 또 옆집 애 괴담. 이사 온 지 얼마나 됐다고 벌써 옆집 애 타령이야? 아무 때나 옆집 애는 공부한대. 남하고 비교하는 거 습관이야."

"그러는 너는, 니 친구 엄마는 잘 계시고? 어쩜 그렇게 니 친구 엄마들은 하나같이 교양 있고, 최신형 핸드폰만 나오면 재깍 사주고, 컴퓨터는 날마다 업그레이드야. 성적에는 남달리 관대하시고, 툭하면 해외여행이지? 내가 정말, 니 친구네 엄마 괴담 때문에 사는 게 사는 게 아니야."

"영업하는 사람하고는 말을 섞지 말아야지."

"까분다. 이거 좀 세탁기에 넣어. 밥은?"

엄마는 양말을 벗어 만지에게 던졌다.

"더럽게 진짜!"

"엄마의 고단한 하루가 느껴질 거다. 밥 먹었냐니까?"

만지는 양말 끝을 간당간당하게 잡았다.

"먹었지, 시간이 몇 신데. 그나저나 언제까지 양말하고 팬티하고 브라를 한꺼번에 빨 거야? 내 친구네 엄마는 일일이 애벌빨래하고, 세탁망에 브라 하나씩 넣어서 빤다더라. 그냥 빠니까 와이어가 브라 뚫고 나오잖아."

"니가 그렇게 해서 빨아 입어."

만지는 두말없이 화장실로 들어갔다.

좁은 화장실에 비해 세탁기가 너무 컸다. 그 바람에 화장실 문이 세탁기 모서리에 걸려 항상 한 뼘 정도 열려 있다. 만지는 세탁기에 양말을 던져 넣고 세탁기와 딱 붙은 변기에 앉았다. 앉은 자리에서 냉장고를 여는 엄마가 보였다. 굳이 몰래카메라 따위를 설치하지 않아도 모든 행동을 엿볼 수 있는 집. 지나치게 개방돼 오히려 갑갑한 집이다.

"다 쌌으면 얼른 나와. 순대 떨이해 왔어."

"하아……."

만지는 변기의 물을 내리며 한숨을 쉬었다.

"엄마는 대학에 왜 갔어? 그때는 많이 못 갔다고 들었는데."

만지가 상 앞에 앉으며 물었다.

"우리 시대 사람들 거의 못 갔지. 여자들은 특히 더."

"솔직히 부모님들 대학 나왔다는 거 상당수는 뻥인 거, 우리 다 알거든? 부모님 체면 생각해서 그냥 그런가 보다 하는 거지. 아빠들은 이름만 대면 다 아는 대학 출신들이야. 어떡하다가 그 유명한 학교 출신 아빠들이 우리 반에 대거 몰렸나 몰라. 그나마 엄마는 어디 듣보잡 대학 나왔다니까, 좀 믿는 눈치야."

"하하하! 내 친구 자식들도 다 특목고 거쳐서 SKY 갈 거라더라."

"엄마는 왜 전공 안 살렸어?"

"전공 같은 소리 한다. 나는 솔직히 공부 지긋지긋했어. 근데 왜 했냐! 오기로 했다. 나는 초등학교만 나오고 공장에서 일하려고 했는데, 팔자에도 없는 중학교는 안 된다, 주제에 고등학교는 꿈도 꾸지 마라, 언감생심 대학은 절대 안 된다, 그러는데 오기가 안 생기냐?"

"누가?"

"누구긴, 외할머니지. 외할머니가 죽기 전에 한 말이, '너 대학은 안 된다. 현석이 챙겨라.'야. 그게 유언이야 뭐야? 나 고1 때다."

"상처 받았나 봐?"

"받았지. 남들은 비장하게 대학은 꼭 가거라, 그리고 간다는데, 그게 뭐냐고. 외할아버지가 입학금 한 번 내주고, 나머지는 내가 벌면서 다녔다."

"공장 같은 데 원 없이 다녔겠네."

"어이구 갑갑해. 그때는 대학 다니는 거 걸리면 공장에서 쫓겨났어!"

"왜?"

"그런 시절이었다. 쫓겨만 나면 다행이게. 에효, 하여간 함바집에서 음악다방 서빙까지 안 해본 일이 없어……. 그래도 과외가 제일 나았는데, 지 자식 머리 나쁜 건 생각 안 하고, 성적 안 나오면 여자 선생이라 그런다고 돈도 안 주고 쫓아내는데, 아요 성질나서 못해먹겠더라. 오늘 간 싱싱하다, 먹어."

엄마는 순대 위로 간을 올렸다.

"음악다방이 뭐야?"

"손님이 노래 신청하면, 디제이가 틀어주는 다방이지. 비지스 엄청 좋아했는데."

"가수야, 노래 제목이야?"

"가수. 내가 비지스를 하도 좋아하니까, 출근만 하면 디제이가 「Too Much Heaven」을 딱 틀었어."

"혹시 그 디제이, 아빠?"

"니 아빠는 나만 가면, 드럼통에 아교를 녹였다!"

"아빠 어떻게 만났어?"

"지방 잡지사에 잠깐 다닐 때였는데, 금강 상류 부근에 재야에 묻힌 조각가가 있다는 말을 듣고 취재하러 갔다가 만났지."

"뭐 하나라도 남겨놨어야 믿지."

"말했잖아, 그게 그렇게 쩍쩍 갈라지더라고. 학이 배가 쩍 갈라지는데 이건 뭐 백숙용 학도 아니고……."

"작은 거라도 좀 남겨놓지……."

"아빠가 작은 건 잘 안 만들었어. 산 깊은 곳까지 들어가서 맘에 드는 나무 구해다가 손질했는데, 대부분 학이었어. 아빠가 학을 좋아했거든."

아빠의 작품이 하나도 남아 있지 않은 건, 생계를 위해 바이오수세미 공장에 취직을 하면서 직접 다 태워버렸기 때문이다. 아빠의 말을 빌리자면, 저 살아야 할 곳으로 날려 보냈다는 것이다. 죽어 말라버린 나무에 생명을 불어넣는 것에 기쁨을 누렸던 사람. 너울

너울 강물 따라 굽이굽이 산등성 따라 살아야 했을 사람. 엄마는
그런 사람을 도시로 끌고 와버렸다는 죄책감을 아직도 지우지 못
했다.

"어렸을 때, 분수처럼 이렇게 퍼진 키 큰 나무 조각품 있었잖아?
거기에 옷도 걸고 그랬던 거 같은데. 그거 혹시 아빠 작품이었어?"

"그건 그냥 옷걸이였어, 기집애야."

"아……."

천지는 아빠를 따라 금강 상류에서 하류로 흘러갔다. 아빠가 나
고 자란 곳, 그리고 이제 돌아와 흘러가 버린 곳. 비록 유골은 납골
당에 안치했지만 천지의 영혼을 담은 두 장의 사진도 강을 따라 그
렇게 흘러갔다.

"물이 벌써 차다. 아빠가 금방 마중 나올 거야."

엄마는 천지의 독사진과 세 모녀가 함께 찍은 사진을 강물에 띄
웠다.

"천지 아빠, 천지 가. 만나면 왜 그랬느냐고 묻지 말고, 그냥 꼭
안아줘."

거짓말처럼 두 장의 사진이 나란히 떠내려갔다.

"이 웬수야, 애들 이름이 너무 크면 일찍 간다고 안 그래! 바득바
득 우겨서 그렇게 짓더니, 이제 좋냐? 데려가려면 곱게나 데려가든
가!"

사진이 반짝이는 물빛처럼 작게 보일 만큼 멀어졌다.

"우리 천지 만나면 발이나 꼭 감싸줘라. 감기 있는 거 같아서 보일러 좀 틀랬더니 공기가 찼는가 봐. 안 틀어지데. 쉬는 날 손보려고 했는데, 기집애가 가버렸어……."

멀리 떠난 사진은 더 이상 보이지 않았다.

"아요, 나쁜 년. 잘 가라, 이년아……."

만지는 멀리 강 위로 솟아올라 사라지는 빛을 보았다. 그저 파닥 튀어 오른 물고기가 낸 빛일지라도 상관없었다. 그 빛에서 천지를 느꼈으니까.

'너 가는 곳이 어딘지는 모르겠지만, 아빠 보낼 때처럼 그렇게 울지는 말고 가라. 잘 가라, 내 동생.'

그때 낚시 가방을 멘 남자가 잰걸음으로 다가왔다.

"아줌씨, 누구를 보내는지는 몰러도, 다 보냈으문 얼른 자리 비우시오."

엄마와 만지는 남자를 보았다.

"인자는 여다 보내문 안 돼, 벌금 물어. 나 저 아래치부텀 오는 길인디, 언 놈이 찔렀나벼. 관에서 오는 눈치든디?"

"하이고, 내 새끼 뭐 그렇게 더럽다고 벌금을 물러."

엄마는 가방에서 만 원짜리 몇 장을 꺼내 강물에 뿌렸다.

"아가! 좋은 배 타고 편히 가거라!"

"새끼를 보내는구먼, 새끼를 보내……. 내가 가서 아래 좀 봐야

쓰겠네."

남자는 연신 고개를 끄떡이며 강둑으로 올라갔다.

"만지야, 우리도 가자."

"강에 돈은 왜 뿌려?"

"먼 길 가는데 노잣돈은 쥐어줘야지."

엄마는 치맛단을 단단히 부여잡고 강둑으로 올랐다.

"동생 보내고 벌금 물까 봐 도망가는 거 같아서, 좀 그러네."

"산다는 게, 그렇게 좀스럽고 치사한 거야……."

엄마와 만지는 강둑길을 걸었다.

"저렇게 낚시도 하면서, 강에 사진 좀 띄웠다고 벌금을 물려?"

"사진이 아니라 유골가루 뿌렸을까 봐 그러지. 수질오염인지 뭔
지 때문에 그런다잖어."

"그거 안 뿌렸잖아."

"믿겠냐. 내 옷이 이런데."

만지는 엄마가 입은 흰 소복을 다시 보았다. 딸을 먼저 보낸 엄마
가 소복을 입고 있다. 그 모습에 동생을 떠나보낸 것만큼 가슴이
메어왔다.

"천지 사진, 저 아저씨들이 낚아버리면 어떡하지?"

"뭘 어떡해. 그럼 월척이지."

"천지가 전에 강 타고 쭉 흘러가고 싶다고 했는데."

"천지가 가는 강, 그 강 아니야. 산 사람 눈에는 안 보여."

"……."

"물은 차도 결은 잔잔한 게, 내 딸 탄 배는 안 흔들리겠다……."

멀리 낚시 가방을 메고 왔던 남자가 웬 두 남자와 이야기하는 모습이 보였다.

아이들은 언뜻 일상으로 돌아온 듯 보였다. 천지에 관한 소문들도 유효기간이 지나자 서서히 폐기되는 수순을 따랐다. 아이들은 좋아하는 가수의 컴백 무대를 손꼽아 기다렸고, 곧 있을 시험 준비에 바빴다. 선생님은 천지에게는 다소 미안하지만 반 분위기 전환 방법으로 자리 바꾸기를 선택했다. 천지 일로 무거워진 아이들 마음을 조금이나마 가볍게 해줘야 했다. 자리 바꾸기는 먼저 온 순서대로 자리를 차지하는 방식으로 진행됐다.

별생각 없이 평소처럼 등교한 화연은 잠시 당황했다. 벌써 친한 아이들끼리 삼삼오오 짝을 지어 자리를 차지한 것이다. 누군가 반갑게 불러주길 바랐지만 그런 일은 없었다. 키는 작았지만 너무 앞은 싫었고, 중간은 이미 자리가 없었다. 4분단 중간쯤에 자리가 하나 있었지만 자칭 아웃사이더이자 타칭 왕따인 미소가 옆에 앉아 있었다. 왕따 옆에 앉는 것은 피곤한 일이다. 화연은 하는 수 없이 뒤쪽 빈자리에 앉았다.

그때, 집안일 때문에 늦은 미라가 가까스로 지각을 면하며 교실로 뛰어 들어왔다. 그리고 화연 옆자리에 가방을 내려놓았다. 둘다 싫어도 싫다고 할 수 있는 상황이 아니었다.

"아이, 저긴 너무 구석이고, 여긴 너무 뒤네."

미라가 의자에 앉으며 툴툴댔다.

"유치하지 않냐? 우리가 중학교까지 와서 이런 자리 바꾸기를 해야 돼?"

"우리 언니는 중3인데도 한다더라."

화연은 나름 태연하게 미라를 맞았다. 반 정원이 37명이라 미소를 뺀 나머지는 짝이 있어야 한다. 짝꿍으로 미라를 거부할 경우 뒤가 피곤해질 게 뻔했다. "왜 미라랑 앉기 싫은데?"라는 물음에서 "자기가 교실 다 샀어?" 하는 유치한 타박으로 이어질 테니까.

"너 5학년 때 전학 왔잖아. 그때 너랑 친해지고 싶었어."

"왜?"

"그냥 느낌이 좋아서. 그래서 내 생일에도 초대했잖아."

"너 전학 온 애 킬러라는 소문 있었어."

미라가 샤프심을 샤프 앞쪽으로 집어넣으며 말했다.

"누가 그래?"

"애들이, 너 조심하라더라. 안 그러면 천지 꼴 난다고."

"기가 막혀서. 나랑 천지는 되게 친했거든!"

화연은 천지라는 말에 숨이 턱 내려앉았지만 침착하게 받아쳤다.

미라는 샤프 꼭지를 꾹꾹 눌러 심이 잘 나오는지 확인하면서 심드렁하게 말했다.

"천지랑 친했다고? 천지가 맨날 너 하라는 대로 다 하던데 뭘."

"내가 부탁하면 천지가 들어준 것뿐이야."

"거절 못 할 거 뻔히 알고 부탁하면, 그게 부탁이냐? 명령이고 강요지."

"이게 진짜!"

화연이 미라의 어깨를 확 밀쳤다. 잊고 싶은데, 다른 아이들처럼 연예인에 대해, 급식에 대해, 시험 범위에 대해 이야기하면서 지내고 싶은데, 미라가 자꾸 천지를 끈적끈적하게 끌어들였다. 싫었다.

"그러는 너는 천지하고 놀기나 했어? 나도 솔직히 불쌍해서 놀아 준 거야. 친구가 없으니까!"

미라가 자리에서 천천히 일어났다. 그리고 두툼한 수학 참고서를 들어 화연의 머리를 강하게 내려쳤다. 팍!

"천지가 이렇게 되받아칠 줄 모르니까, 네 밥인 줄 알았지?"

화연의 코에서 툭 코피가 터졌다.

"어쩌면 그렇게 질리지도 않고 괴롭히냐? 나 같아도 자살했겠다."

화연은 옆 분단 아이가 던져준 휴지로 코를 막았다.

"곽미라, 너 웃긴다. 왜 이제 와서 난린데? 천지 죽으니까 영웅 되고 싶냐? 싫든 좋든 천지하고 끝까지 놀아준 사람은 나밖에 없어. 안 그래?"

"그래, 나 천지하고 안 놀았다. 그래도 너처럼 교묘하게 괴롭히진 않았지. 그리고 너 양심도 없다. 솔직히 천지는 다가가기가 힘든 애였고, 애들이 같이 안 논 애는 너잖아. 그냥 필요할 때만 데리고 다녔고! 너 별명이 뭔지 아냐? 지갑이야, 지갑. 공짜 지갑."

"……."

지독했다. 창을 들었어도 방패를 든 자에게 겨눠야 했고, 찌르더라도 급소는 피해야 했다. 방패도 없이 급소를 찔러버린 화연은 휴지에 얼굴을 묻고 교실을 나갔다. 책상에 후드득 떨어진 화연의 코피 자국이 지나치게 선명했다.

종례를 마친 담임선생님은 화연을 따로 불렀다.

"천지 언니, 만지라고 알지? 이것 좀 가져다줘라."

선생님은 누런 서류 봉투를 건넸다.

"그동안 천지가 낸 숙제하고 다른 것들 좀 모아뒀는데, 돌려줘야지."

"저 학원 가야 되는데요."

"얼른 주고 가. 금방이잖아. 3학년 6반이야."

화연은 마지못해 봉투를 들고 교실을 나왔다.

'왜 나예요……'

화연은 계단을 오르지 못하고 멈춰 섰다. 1학년 3반에서 만지를 모르는 아이는 없다. 더욱이 지난 면담 때 천지가 싫었다고 분명히 말했다. 그런데 왜 천지에 관한 심부름을 자신에게 맡기는지 이해

할 수 없었다. 아침부터 미라에게 날카로운 공격을 받아 그만 쉬고 싶은데, 이번에는 만지다. 천지를 괴롭히기만 한 것은 아니었다. 천지가 아플 때도, 아이들이 괴롭힐 때도 옆에 있어준 건 그래도 자신이었다. 학원 끝나고 밤늦게 집으로 돌아오면서 둘이 나누는 대화는 참 편안하고 좋았다.

"언니 있으면 좋지?"

"좋아."

"근데, 언니가 더 좋을까, 오빠가 더 좋을까?"

"우리 언니는, 오빠 같은 언니라서 그런 생각 안 해봤는데."

"나도 언니 있으면 좋겠다. 생리대 떨어지면 같이 쓰기도 할 거 아냐. 급할 땐 엄마 거 쓰는데, 완전 짜증 나. 왜 그렇게 커."

"……."

이제는 천지를 미워했는지 좋아했는지조차 헷갈렸다.

화연은 손잡이를 잡고 천천히 계단을 올랐다.

화연이 계단을 다 올라 복도로 막 방향을 트는 순간, 만지가 달려왔다.

"화연아!"

"안 그래도 선생님이 언니한테 이거 가져다주라고 했는데."

"알아, 선생님한테 메시지 받고 나와 본 거야. 고맙다. 수요일이라 학원으로 바로 가겠네?"

"언니가 어떻게 알아요?"

"천지도 같이 다녔잖아. 너 아직 그 학원 맞지?"

"네……."

"수업 시작하겠다. 나 들어간다. 아 참, 나도 내일부터 너네 학원으로 가. 우리 학원이 좀 그래서 옮겼어. 이제 학원에서도 만나겠다. 잘 가라!"

만지는 교실로 달려갔다.

수업종이 울리고 잠시 뒤 복도가 텅 비었다. 바로 앞 교실에서 선생님과 학생들이 인사하는 소리가 들렸다. 3학년들의 수업 시작이다. 화연은 교실 문 위로 달린 푯말을 보았다. 3-1, 3-2, 3-3, 3-4, 3-5……. 너무 단단하고 무거운 학교. 툭 튀어나온 학급 푯말이 거대한 교실 자물쇠처럼 보였다. 필요한 만큼 적당히 분배해서 보관해둔 것 같은 학생 창고. 화연은 CCTV가 없는데도 일거수일투족을 감시당하는 것 같았고, 학교에 먹혀버린 기분이었다.

화연은 학원으로 가지 않았다. 학원 아이들과 형식적으로 주고받는 인사도 싫었고, 중간에 나와 편의점에서 혼자 먹는 밥도 싫었다.

"촌스럽게 웬 삼각김밥?"

"네가 좀 가서 가져와."

"이것 좀 버려줘라."

더 이상 이렇게 편하게 말할 수 있는 천지가 없다. 습관처럼 다른 아이에게 같은 말을 했을 때,

"촌스러우면 넌 먹지 말든가."

"네가 쓸 걸 왜 내가 가져와?"

"얘 웃기네. 네가 버려."

라는 반응을 보였다. 친구끼리의 사소한 부탁을 아이들은 명령이나 받은 것처럼 불쾌해했다. 화연은 천지에게 심부름을 시킬 때 아이들이 보였던 비웃음이, 꼭 천지에게만 지은 게 아니었다는 걸 이제야 알 수 있었다. 보기에 아슬아슬한 키 큰 피에로. 사람들을 즐겁게 해주기 위해 돌아다니는 놀이동산의 키 큰 피에로. 그동안 천지는 긴 바지 속 높은 버팀목처럼 화연을 지탱해주었다. 그러나 이제 천지는 없다. 버팀목이 사라져 바닥으로 뚝 떨어진 화연은 본래의 모습이 드러났다. 더 이상 위험을 감수한 키 큰 피에로가 아니었다. 동시에 아이들의 아슬한 호응과 박수도 사라지고 만 것이다.

화연은 교실과 다를 바가 없는 학원도, 열쇠로 직접 문을 열고 들어가야 하는 텅 빈 집도 싫었다. 그래서 찾아간 곳이 보신각이다. 적어도 보신각에는 왜 왔느냐고, 밥은 먹었느냐고 진심으로 물어줄 엄마 아빠가 있다. 화연은 보신각으로 들어갔다. 아빠는 밀가루 포대를 나르고, 엄마는 주문을 받으면서 틈틈이 홀을 청소했다.

뚜르르르 뚜르르르.

화연 아빠가 쌓아놓은 밀가루 포대를 허벅지로 툭툭 밀어 넣고 전화를 받았다.

"보신각입니다. 아, 방금 출발했습니다. 예. 감사합니다."

화연 아빠는 전화를 끊고 주방에 대고 소리쳤다.

"종신카센터, 아직 안 됐냐?"

"다 됐어요. 사장님, 짜장 엥꼬 났어요. 오늘 빠르다니까요."

화연 아빠가 주방으로 들어가자마자 박 군이 보신각으로 들어왔다.

박 군은 다음 배달 코스에 맞춰 주문표를 확인한 뒤, 주방에서 나온 음식에 랩을 씌웠다. 그리고 두 집분의 식사를 철가방에 넣고 달려 나갔다.

뚜르르르 뚜르르르.

"짬짜면 하나, 탕짬면 하나요. 감사헙니다."

화연 엄마는 주문표를 주방 앞에 놓았다. 동시에 주방에서 음식이 나왔다

"정 군은 왜 안 와. 여보, 당신이 좀 가야겠어요!"

"짜장, 잘 봐라."

화연 아빠가 주방에서 나왔다. 그리고 계산대 옆에 서 있는 화연을 보았다.

"아까부터 왜 그렇게 서 있어?"

"그냥……."

화연 아빠는 철가방을 들고 보신각을 나갔다.

"여기요, 단무지 좀 더 주세요."

홀에서 식사하던 손님이 테이블을 닦는 화연 엄마를 보며 말했다.

"화연아, 좀 갖다 디려라."

화연은 가방을 그대로 멘 채 작은 종지에 단무지를 덜었다.

"여기요."

"고맙습니다."

화연은 다시 계산대 앞에 어정쩡하게 섰다.

뚜르르르 뚜르르르.

"화연아, 좀 받아라."

화연이 전화를 받았다. 그때, 정 군이 돌아왔다.

"감사합니다. 보신각입니다. 네, 알겠습니다."

화연은 전화를 끊었다.

"대림전자 위층 공사하는 데, 숟가락 가져올 때 물도 꼭 가져오래."

"대림 위층? 정 군아, 시방 다녀온 데 아니냐?"

"깜빡해서요. 지금 나가면서 가져다주려고요."

"공사장 갈 적에는 물허고 숟가락 꼭 챙겨야."

화연 엄마는 냉장고에서 커다란 생수를 꺼내 정 군 앞에 놓았다.

화연은 가게 안을 둘러보았다. 다닥다닥 붙은 테이블과 쉴 틈 없이 울려대는 전화벨 소리. 공간을 꽉 채운 냄새. 잠깐의 정적이 오히려 숨 막히는 식당이었다.

"넌 뭐더러 가게에 나와 있냐? 학원은?"

"갈 거야. 잠깐 시간이 남아서……."

"얼른 가라."

화연은 보신각을 나와 버렸다. 왜 왔느냐고, 혹시 무슨 일 있느냐고, 밥은 먹었느냐고, 한마디라도 물어주길 바랐다. 그런데 그런 엄마 아빠는 보신각에 없었다. 사람들은 화연이 늦둥이 외동딸이라 버릇이 없다고 하지만, 화연은 부모에게 그런 각별한 사랑을 받아본 기억이 없다. 그러기에는 부모의 어깨에 기댄 가족들이 너무 많았고 일도 벅찼으니까. 화연은 늙은 엄마 아빠가 창피하기도 했다. 목욕을 해도 나는 것 같은 중국집 냄새도 싫었다. 하지만 결코 엄마 아빠가 싫은 건 아니었다. 이제는, 싫었다.

"와, 너, 오랜만이다."

오대오, 추상박이었다.

"아저씨, 지금 바빠요?"

"아니, 왜?"

"나랑 좀 놀면 안 돼요?"

"그러자. 뭐 하고 놀래?"

"그냥 얘기나 해요. 저기 놀이터 의자에서."

벌써 이 년 전이다. 초등학생이었지만 시험 기간이면 밤 10시나 돼야 학원이 끝났다. 천지는 밤길을 무서워하는 화연을 종종 초원 아파트 정문까지 바래다주고는 했는데, 그러고 나서 비탈길을 내려오면 엄마가 마트에서 퇴근할 시간이 되어 같이 갈 수 있으니 나쁘지만은 않았다. 오대오는 그즈음에 만났다. 반듯한 가르마를 탄

긴 머리 남자가 비탈길 아래서부터 따라오니, 화연과 천지는 이상한 놈 따라온다 싶어 무작정 달렸다. 그 모습을 본 오대오는 아이들이 심각한 오해를 했다 싶어 죽어라 뒤쫓았고, 결국 경비 임 씨의 증언으로 이상한 놈 혐의를 벗을 수 있었다. 화연은 그 뒤로도 아파트에서 오대오를 종종 만났지만, 가벼운 인사 정도만 할 뿐이었다.

"요즘은 맨날 혼자 다니네?"

"아저씨 스토커예요?"

"너희는 키 차이가 많이 나서, 멀리서도 확 티 나."

"죽었어요……."

"아, 죽었구나. 천지가……."

오대오는 두 손을 모아 이마에 대고 고개를 푹 숙였다.

화연의 등에 찬 기운이 싸악 돌았다.

"아저씨가 천지 이름을 어떻게 알아요? 난 말한 적 없는데?"

"저 위, 시립도서관에서 천지 자주 만났어."

화연은 오대오를 바라보았다. 적어도 마흔 살은 넘어 보였다. 이런 아저씨와 천지가 자주 만났다니. 천지는 그런 말을 단 한 번도 한 적이 없었다.

"어떻게 죽은 거야?"

"자살이요."

"아……."

"아저씨 천지에 대해 혹시 뭐 알아요?"

"글쎄, 이야기하는 걸 좋아하는 애다, 정도밖에는……."

"천지가 이야기하는 걸 좋아해요?"

"책도 많이 읽고 이야기하는 것도 좋아하잖아."

"책은 좋아했지만, 말은 별로 없는 애였어요."

오대오는 말꼬리를 잡지 않고 화제를 바꿨다. 화연은 천지에 대해 잘못 알고 있었고, 친구면서도 그럴 때에는 분명 이유가 있을 터였다.

"천지네 가족 우리 아파트로 이사 온 거 아니?"

화연 얼굴에 모여 있던 피가 가슴으로 좌악! 쏟아지는 느낌이었다.

"언니 이름이 만지라고 한 적이 있어. 근데 옆집에 이사 온 애가 이만지라고 하잖아. 분위기는 다른데 참 닮았더라고. 안 그래도 천지는 왜 없나 했다."

"아저씨, 천지랑 무슨 사이였어요?"

"도서관에서 만나면 밥이나 같이 먹고, 책이나 추천해주는 사이였지."

"저, 그만 가볼게요. 학원에 가야 해요."

화연은 오대오가 불편했다. 자신과 천지 사이에 예상하지 못한 누군가가 있었다니. 화연은 서둘러 집으로 돌아왔다. 그리고 걸쇠까지 걸어 문을 꼭꼭 잠가버렸다.

늦은 밤, 화연은 만지에게 전화를 걸었다.

"옆집에 머리 긴 아저씨 살죠?"

"추상박 아저씨?"

"조심하세요. 그 아저씨, 천지랑 아는 사이예요."

이불에 누워 천지의 과제물을 살피던 만지의 손이 우뚝 멈췄다.

"어떻게? 근데, 그게 왜?"

"천지가 우리 집에 놀러 왔을 때 만난 적 있어요. 그래봤자, 대충 인사만 하고 말았거든요. 근데 나 몰래 시립도서관에서 둘이 만났 대요."

"설마 연인 뭐 그런 걸로?"

"같이 밥 먹으면서 이야기만 했다는데, 언니가 천지 언니라는 것 도 벌써 알고 있더라고요. 그냥 괴짜 아저씬 줄 알았는데, 찜찜해 요. 언니, 문 꼭 잠그세요."

"그래. 고맙다."

만지는 전화를 끊고 한참을 멍하니 있었다. 불과 한 달 전까지만 해도 흔해빠진 관계였던 사람들이 이렇게 복잡하게 연결됐을 거라 고는 전혀 예상하지 못했다.

'천지, 김화연, 곽미라, 곽미란, 나, 그리고 추상박 아저씨……..'

"잠자리에서 뭘 그렇게 봐?"

엄마가 화장실에서 나오며 물었다.

만지는 대답은 않고 천지의 과제물을 도로 봉투에 넣었다.

"아무것도 안 하면 불 끈다."

엄마가 불을 끄고 이불 속으로 들어갔다.

"엄마. 천지한테 혹시……."

"혹시 뭐?"

"천지라고 끔찍한 일 안 당한다는 보장 없으니까."

"……."

"천지 혹시 남자한테 폭행당했다거나, 그런 일 없었지?"

"니가 묻는 폭행, 그거 성폭행 말하는 거야?"

"……."

"없었어."

"자신해? 우리만 몰랐던 건 아닐까? 혹시 임신이라도……."

"초경도 아직 안 한 애가 무슨 임신을 해."

"맞다, 천지 아직 생리 안 했지……."

다달이 지겹고 귀찮은 생리였다. 다음 생에 또다시 인간으로 태어난다면 생리를 안 한다는 것만으로도 남자로 태어나고 싶었다. 그런데 천지는 이 지겨운 생리 한번 해보지 못하고 떠났다. 속상하고 열 받았다. 눈보다 가슴이 먼저 뜨겁고 아팠다.

"그래도 만약에……."

"만약도 어디서 그런 만약을 들어? 너 무슨 말 들었어?"

"무슨 말은. 혹시나 해서지."

"혹시나는 무슨."

더더덕. 더더덕.

"저게 밤마다 왜 저래."

"엄마가 창문을 닫아놔서 못 나가잖아."

"낮에 집에 있을 때는 열어놔, 기집애야. 쟤가 왜 안 나가고 저런데."

더더더더덕!

"저놈의 쥐새끼 때문에 잠을 자도 개운치가 않아. 환장하겠네."

"……"

"아요, 가슴 답답해. 너 불 켜고, 바늘 좀 가져와."

만지는 바늘과 실을 가져왔다. 그리고 엄마 어깨부터 손목까지 쓸어내렸다. 그런 뒤 엄지에 실을 돌돌 말고 바늘로 콕 찔렀다. 손톱 밑으로 검붉은 피가 고였다.

"괜찮아?"

"이쪽도 따."

엄마는 반대편 손을 내밀었다.

"전에는 한쪽만 따도 트림이 나오더니, 이제는 양쪽 다 따도 안 되네."

"등 좀 쓸어줘?"

"됐어. 정 안 되면 병원에 가봐야겠다. 불 꺼."

엄마는 휴지로 까맣게 고인 피를 닦아내고 다시 이불 속으로 들어갔다.

만지가 불을 끄자 주차장에 세워진 가로등 불빛이 베란다 창으로 들어왔다.

"다른 건 몰라도, 내 딸한테 남자 지나간 건 안다. 그런 건 들어서 아는 게 아냐. 엄마만 느낄 수 있는 그런 거야. 천지한테, 남자 안 지나갔다."

"벌써 남자애들하고 자는 애들도 있다는데, 걔네 엄마들은 뭐야 그럼?"

"엄마라고 다 입으로 말할 수 있냐. 알겠는데 안타깝고 속상해서 말 못하지. 저거 저러고 다니면 안 되는데 싶어서 빙빙 돌려 말해도 보고, 그래도 안 되면 때려도 보고, 그러다 가슴앓이하고, 그런 거야."

"원해서가 아니라 폭행을 당한 거라면, 그런 것도 느껴질까?"

"다르게 느껴지겠지. 아주 넌더리 나게……."

"만약에 내가 그런 일 당하면, 엄마는 어떨 거 같아?"

"이 기집애 만약은, 왜 다 이래?"

"그냥."

"갈기갈기 찢어버릴 거야."

"누굴?"

"그놈……."

아픈 영혼

"전세금 조금씩 올려주면서 오래오래 살아야겠다. 이사 징글징글하다."

이사가 잦았으니 전학도 그만큼 잦았습니다. 말했나요? 한 것 같습니다. 나는 내 소개를 하는 게 너무 싫다고. 그런데 엄마가 이제 마지막 전학일 거라고 한 것입니다. 아이들에게는 "이천지입니다."라는 소개가 시답지 않게 들렸을지도 모르겠습니다만, 최대한 명쾌하고 반갑게 한 인사였습니다. 바로 초등학교 4학년 때겠지요.

한 번 더 말하지만, 화연이는 전학 온 내게 제일 처음 다가온 아이입니다. 그때 빛나도록 환하게 웃어준 기억이 너무 강해 미워할 수가 없었습니다. 그래서 그 환한 웃음이 나를 비웃는 웃음으로 바뀌어도, 그냥 웃어줄 수 있었습니다.

"천지가 내 가방을 꽉 잡고 같이 가, 같이 가, 그러면서 따라오는 거야. 그 아저씨보다 얘가 더 무섭더라니까. 하하하하."

뒤에서 가방을 잡은 아이는, 내가 아니라 화연이였습니다. 그래도 웃어줬습니다.

5학년 때, 화연이 생일날. 토요일 오후 3시. 보신각.

그날입니다. 화연이의 환한 웃음을 내 안에서 그만 지워버린 날이.

"너 왜 이제 왔어?"

"3시라고 했잖아."

"아, 실수! 엄마, 얘 짜장면 하나만 만들어줘."

옆에 앉은 미라가 자기 초대장을 슬쩍 펼쳤다 접었습니다. 그냥 한번 펼친 것인지, 내게 보여주려고 펼친 것인지는 모르겠습니다. 분명한 건 미라의 초대장에 쓰여 있는 시간을 내가 보았다는 것입니다. 2시. 보신각을 나오고 싶었습니다. 그런데 그렇게 못 했습니다. 그러면 화연이에게 놀림을 당했다는 게 사실이 되는 거였으니까요. 화연이의 단순한 실수여야 했습니다. 생일 파티가 끝나고 아이들이 노래방에 갈 때, 미라는 그냥 집으로 갔지 싶습니다. 나도 보신각에서는 같이 가겠다고 했지만, 마트 앞에서는 엄마와의 약속을 핑계로 노래방에 가지 않았습니다. 마트 화장실에서 짜장면을 다 토해내고 집으로 돌아왔을 뿐입니다.

6학년 때, 또 생일 카드를 받았겠지요. 3시.

"너 혹시 화연이 생일에 초대받았니?"

복도에서 우연히 만난 미라가 물었습니다.

"응."

미라가 들고 있던 초대장을 보여줬습니다. 2시.

"넌 2시에 가도 찬밥이고, 3시에 가도 찬밥이야. 가지 마."

"너는?"

"안 가. 나랑 친하지도 않으면서 왜 자꾸 주나 몰라."

역시 미라는 알고 있었습니다. 누군가 진실을 알고 있다는 게 겁이 났습니다. 잘못을 뒤엎을 만한 능력이 없는 아이가, 설사 능력이 있다 해도 나서고 싶어 하지 않는 아이가, '너 당하고 있어.'라는 반쪽짜리 진실만 가지고 거드름을 피우는 게 싫었습니다. 차라리 화연이의 실수로 아는 게 나았습니다.

그날도 3시에 도착했습니다. 내가 나타나지 않으면 화연이든 그 자리에 있던 누구든, "초대해도 안 오더라."라는 토막 난 사실만 떠들고 다닐 게 뻔했으니까요. 그까짓 짜장면 한 그릇, 먹어주면 됐습니다.

"2자를 쓴다는 게 또 3자를 썼나 봐. 천지야, 미안해."

처음으로, 사람을 죽이고 싶었습니다. 아이들이 키득댔습니다. 아이들은 2시와 3시의 진실을 알고 있었습니다. 그저 자신들이 책임지지 않아도 되는 영악한 놀이를 즐기고 있을 뿐이었습니다. 그날 처음 본 어떤 아이의 표정은 지금도 잊지 못합니다. '쟤가 걔야?' 하던 그 표정.

"반갑다."

"그래."

짧은 인사를 마지막으로 내게 더 이상 말을 걸지 않았던 그 아이는, 나와 같은 중학교로 진학했습니다. 아이는 중학교에 입학한 얼마 뒤 내게 체육복을 빌려 간 적이 있습니다.

"미안한데, 체육복 좀 빌려주라."

아이는 빌려 간 체육복을 가져오지 않았습니다. 우연히 만난 날,

"너 왜 체육복 안 찾으러 와?"

"버려. 나 새로 샀어."

그 아이, 나는 모르는 아이입니다.

나, 화연, 미라 모두 같은 중학교로 배정됐습니다. 근교 우선 학교로 배정됐기 때문입니다. 거짓말처럼 모두 같은 반이 되었습니다. 이런 세상이 힘들었습니다. 나와 같은 교복을 입고 있는 아이들마저 싫었습니다. 책을 읽어도 집중이 안 됐습니다. 정신을 차리고 보면 같은 줄을 몇 번이나 읽고 있었습니다. 그래도 공부를 해야 했습니다. "저렇게 열심히 하니까."라는 말을 듣지 않기 위해 집이나 도서관에서만 했습니다. 아이들 앞에서는 관심도 없는 소설책 따위를 읽었겠지요. 바로 전에 본 시험에서 9등을 했지 싶습니다. 그거면 됐습니다. 적어도 화연이는 앞섰으니까요. 그런 생활 참 추

적추적 우울했습니다.

"네 언니, 우리 학교 3학년이라며?"

화연이가 언니를 찾았습니다. 아니라고 하면 더 우스워지는 상황이었습니다.

"왜?"

"우리 뭐 사달라고 하자. 배고프다."

"언제 끝날지 몰라."

"그래도 전화해보자."

언니를 믿었습니다.

"언니……."

"웬일이냐?"

"언니 언제 끝나?"

내 말이 끝나기도 전에 화연이가 전화를 낚아챘습니다.

"저는 선배님의 후배이자 천지의 단짝, 김화연입니다. 지금 후배가 배고파 죽으려고 해요. 살려주세요."

언니가 그렇게 선뜻 사주리라고는 정말 생각지 못했습니다.

그날 밤, 언니가 그랬습니다.

"화연이라는 애, 귀엽더라."

나는 낮에 먹은 돈가스를 모두 게워내고야 말았습니다.

투명 인간. 내가 교문을 통과할 때도, 교실에 앉아 있어도 선생님들은 나를 보지 못했습니다. 급식을 먹을 때, 화장실을 갈 때, 체육 시간에 조를 짤 때도, 아이들은 나를 보지 못했습니다. 내가 보이지 않는 존재라는 걸 너무 늦게 알았습니다. 그만 떠나야 했습니다. 보이지 않는 사람인 내가 떠난다고 하니 조금 어색하게 들릴 수도 있겠습니다만, 그냥 내가 나에게 하는 말쯤으로 생각하면 됩니다.

"이번 주에 사줘. 최신형은 아마 십만 원은 넘을 거야."

"쎄다. 이달 말일 날 전셋돈 올려줘야 되니까, 다음 달에 사자."

"생일 선물이잖아……."

"기집애, 너답지 않게 오늘 왜 그래? 저녁때 다시 얘기해."

웃음이 났지만 참았습니다. 나답지 않은 모습에 성공했으니까요. 말 잘 듣는 딸, 그만하고 싶었습니다. 나쁜 아이가 돼야 했습니다. 화연이에게 MP3플레이어를 줄 생각도 없었으니 엄마가 진짜로 사 오면 안 됐습니다. 그래서 전세금을 올려주기 전에 사달라고 했습니다. 안 그랬다면 엄마는 못 이기는 척 사줄 사람이니까요.

언니는 주번이라, 엄마는 본사 교육이 있어서 일찍 나갔습니다.

텅 빈 집. 그동안 엄마와 언니에게 내가 떠나도 되는지 묻고 싶었지만, 참았습니다. 아직 나는 말 잘 듣는 아이였으니까 안 된다고 하면 바로 "예." 하고 대답해버릴까 봐 겁이 났습니다. 다행히 전에 교복을 사 오던 날 언니가 그랬습니다.

"내가 꼭 그렇게 해주마."

다시 한 번 언니를 믿기로 했습니다.

나는 더 이상 착한 아이가 아닙니다. 때문에 모두 용서하고 떠날 생각은 없습니다. 나는 이제 나쁜 아이가 되어서 갑니다. 용서를 해야 마음이 편하다는 거 알고 있습니다. 그런데 나는 지금보다 편하고 싶어 떠나는 게 아닙니다. 내 몸이 더 이상 이곳을 원하지 않아서 떠납니다. 분명히 말하고 가겠습니다. 용서하지 않고 떠난다고…… 하지만, 원한다면 그렇게 하겠습니다. 다른 세상에서 누군가와 이야기하면서 이름을 댈 수 있는 유일한 사람들이니까요. 그래도 나와 오랫동안 만나면서 함께 웃기도 한 사람들이니까요. 미운 마음만은 버리고 가고 싶습니다. 이기적이지만 그렇게 하고 싶습니다. 그래서 털실 뭉치를 남겼습니다. 사과는 하고 가겠습니다. 온전하게 용서하지 못하고 가서, 미안합니다.

이제, 가야겠습니다.

내 몸이 너무 무거워서, 그만 가야겠습니다…….

또로로롱 또로로롱 또로로롱.

집에 맑은 종소리 전화벨이 울렸다.

"벌써 갔나? 아요, 기집애, 내일 당장 사러 가자고 해야지. 열은 내렸나 몰라."

엄마는 전화를 끊고 지하철역으로 내려갔다.

또로로롱 또로로롱 또로로롱.

"갔나? 아이, 나도 용돈 모자라는데, 그냥 합쳐서 얼른 사주라고 해야지."

만지는 바뀐 신호등을 보고 건널목을 건넜다.

또로로롱 또로로롱 또로로롱.

"있으면서 안 받는 거 아냐? 아주 확 티 나게 피하네."

집을 나온 화연은 현관문을 힘껏 닫아버렸다.

만지는 사서에게 천지의 대출증을 내밀었다. 하지만 죽었다는 말은 하지 않았다.

"대출 조회요?"

"동생이 책 좀 빌려 오라는데, 전에 빌린 거하고 중복될까 봐요."

만지는 사서의 도움으로 그동안 천지가 빌린 책의 목록을 살펴볼 수 있었다.

우울증. 쿵! 만지 가슴이 내려앉았다. 모니터에 뜬 대출 목록에는 우울증에 관한 도서가 상당히 많았다.

"혹시 인쇄할 수 있을까요?"

"본인이 아니라 그건 좀 곤란해요."

"네⋯⋯. 고맙습니다. 대충 봤으니까, 제가 찾아올게요."

『영혼의 병, 우울증』.

만지는 천지가 마지막으로 빌렸던 책과, 대충 그 책 옆에 꽂혀 있던 채식에 관한 책을 한 권 더 빌려 도서관을 나왔다. 그리고 정문 앞 의자에 털썩 주저앉았다. 천지가 왜 우울증에 관한 책을 그렇게 많이 읽어야 했는지 혼란스러웠다.

우울증. 가족들과 연관해 한 번도 생각해보지 못한 병이다. 그런 병은 심심하고 할 일 없는 사람이나 걸리는 거라고 생각했다. 병이 아니라 인내심 부족에서 오는 나태함이라고 생각했다. 천지는 늘 계획한 대로 바쁘게 움직였고, 말수는 적어도 밝은 아이였다. 천지 가 아닌 친한 누군가가 그런 병에 걸렸을 거라고 애써 흥분을 가라 앉히려 노력했다. 하지만, 천지가 죽었다. 천지가 우울증이었다면. 스스로 처방인이 되어 굴러다니는 아무 종합감기약이나 함부로 먹 듯, 도서관에서 빌린 책만으로 스스로 처방하고 치료하려 했다 면……. 안 된다. 너무 미안하고 비참하다. 그렇게 외롭게 보내서 는 안 되었다. 만지는 의자에서 벌떡 일어났다.

"만지 학생!"

오대오가 도서관 아랫길에서 올라왔다.

"집에 가? 나 책 반납하고 갈 건데, 같이 가자."

"……."

"바람 많이 부는데, 일단 커피 한 잔부터 어때?"

오대오는 만지의 대답도 듣지 않고 의자를 가리켰다.

"앉아 있어. 커피 빼 올게."

오대오는 반납함에 책을 넣고, 커피를 뽑느라 자판기 앞에 잠시

서 있었다.

　만지는 오대오를 찬찬히 살펴보았다. 천지와 함께 식사를 했던 남자. 이름만으로도 자매인 것을 알아낸 남자. 그러면서 천지에 대해 묻지 않은 남자였다.

　오대오가 커피를 들고 만지 옆에 앉았다.

　"중학생이라고 커피 안 마시는 거 아니지?"

　"마셔요."

　"사람들이 카페인을 너무 경계해. 나는 어려서부터 마셨어도 말짱하더라."

　"지금 아저씨 상태 보니까, 경계해야 할 것 같은데요."

　만지는 오대오의 긴 머리를 보며 말했다.

　"하하하하."

　"혹시 머리 자를 생각은 없어요?"

　"난 짧은 머리 싫어해."

　"전 긴 머리 남자 되게 싫어해요. 특히 오대오 가르마는 더욱더."

　"보여줄 게 있어."

　오대오가 바짝 붙어 앉는 바람에 만지가 움찔했다.

　"봐봐."

　오대오가 만지의 허벅지 쪽으로 고개를 바짝 숙였다.

　"이 아저씨 미친 거 아냐!"

　만지는 커피를 팽개치고 벌떡 일어나 휴대전화를 꺼냈다. 아차

싫으면 사진도 찍고 신고도 하겠다는 표시였다. 그래도 오대오는 아랑곳 않고 고개를 숙인 채 긴 머리를 쩍 갈라 목을 보여주었다.

"보이지?"

만지는 숨을 몰아 삼키며 오대오의 뒷목을 보았다. 살과 살이 짓이겨진 것 같은 화상 자국이었다. 목과 연결된 뒤통수 아래쪽은 머리카락마저 없었다.

"어렸을 적에 집에 불이 났어. 등까지 이래. 그래서 머리 짧게 하기 싫어."

오대오는 샴푸 광고처럼 머리카락을 휘날렸다. 몇 년 동안 저 스타일만 고수해서 길이 들었는지 머리카락이 가르마를 기준으로 좌악 자리 잡았다. 만지는 휴대전화를 교복 재킷 주머니에 슬그머니 넣었다.

"아무튼, 너도 책 좋아하나 봐?"

"안 좋아해요."

"그럼 여긴 왜 왔어?"

"내 동생이 어떤 책을 읽었는지 궁금해서요."

"……."

"아저씨 내 동생 알잖아요."

"알지, 공부하기 되게 싫어했던."

"좋아했어요."

"싫어했어."

만지는 오대오를 똑바로 바라보았다. 이 덜떨어진 아저씨는 왜 갑자기 나타나서 천지를 왜곡시키는지 몰랐다.

"천지가 그렇게 공부한 건, 성적이 좋아야 남들이 자기 말을 신용하기 때문이라더라. 안 그러면 자기 말은 항상 공중분해 된대."

"천지가 그런 말을 했다고요?"

만지는 화가 났다. 어디서 나타난 누군지도 모를 사람과 그런 말을 주고받았다니. 만지는 조금 전에 팽개친 종이컵을 콱 주워 들고 도서관 아랫길을 내려갔다.

오대오가 달려와 만지 팔뚝을 잡았다.

"항상 이런 식이었지? 문제에 접근하다가도 머리 아파지겠다 싶으면, 불리해지겠다 싶으면, 안 되겠다 싶으면, 네 맘대로 말 뚝 끊고 끝냈지?"

"……."

만지는 오대오 손을 뿌리치고 다시 달렸다. 오대오가 더 이상 따라오지 않는다는 걸 알았지만 멈출 수가 없었다.

'미친놈…….'

엄마가 근무하는 날이어서 언니하고 교복을 사러 갔습니다. 대부분 아이들은 엄마와 함께 왔습니다. 몸보다 치수가 큰 교복을 두고 엄마와 실랑이를 벌이는 모습이 부러웠습니다. 그게 왜 부러웠는지는 잘 모르겠습니다.

"괜히 큰 거 사서 줄이지 말고 적당한 걸로 사. 그렇다고 지금 너무 딱 맞는 거 사면 중3 때 재킷이랑 조끼, 볼레로 되는 수가 있다."

언니는 교복값이 든 봉투를 계산대에 내밀었습니다. 엄마가 전화로 미리 알아본 뒤 준비해준 돈입니다. 나는 다른 아이들처럼 교복을 고르고 계산하기까지 그리 오랜 시간이 걸리지 않았습니다. 언니는 항상 모든 일이 쉬웠으니까요.

"가자."

돌아오는 버스 안은 한산했습니다.

"언니는 되게 무뚝뚝한데, 친구 많은 거 보면 참 신기해."

"나도 신기해."

"친한 척하면서 뒤에서 욕하고 다니는 애 있잖아. 언니는 그런 친구 없어?"

"그런 애하고 친구 안 해."

"만약에 친구 할 애가 그런 애밖에 없으면?"

"그럼 그냥 혼자 다녀."

할 말이 없어서 창밖 가로수만 내다보았습니다.

"나이테를 봐야 나이를 알 수 있다는데, 그럼 나이를 알려면 나무를 잘라야 하나?"

"자르지 뭐. 거치적거리게 길 막고 있는데."

"나무, 죽잖아."

"죽거나 말거나. 네가 가져다가 학인지 오린지 만들어보든가."

"난 죽으면, 꼭 강으로 흘러가고 싶어, 쉬엄쉬엄."

"내가 꼭 그렇게 해주마. 나 잔다."

모든 게 참 쉬운 언니가 부러웠습니다. 나도 머리를 의자 등받이에 기대고 눈을 감았습니다. 아빠가 보고 싶었습니다.

"남의 아파트 화단에 있는 감나무 꽃을 보고 니가 되게 좋아했어. 아빠가 주변을 스윽 보더니, 갑자기 점프를 해서 가지를 뚝! 꺾은 거야. 그리고 혼자 막 뛴다. 아이고, 너 업고 만지 손잡고 뛰는데, 뒤가 뜨거워서 혼났다."

감은 눈 속으로 고인 눈물이 흘러내릴까 봐 걱정됐습니다.

중학교 입학식을 앞두고 집에서 쉬던 날, 엄마와 둘이 하루를 보낸 적이 있습니다. 쉬는 엄마를 위해 조용히 넓은 판을 짰습니다. 나는 뜨개질을 하면서 목표를 정하고 짠 적이 없습니다. 그냥 다 짜면 풀고 또다시 짰을 뿐입니다. 마음 저 안에서 이제 풀자고 할 때까지 그냥 넓게만.

"내 눈이 저절로 스륵 떠질 때까지 자보는 게 소원이다."

"오늘 자."

"텔레비전 소리 때문에 잘 수가 있냐. 저 텔레비전은 참 이상해. 내가 틀면 괜찮은데, 남이 틀면 왜 그렇게 시끄러운지 몰라."

"끌게."

"됐어. 그래도 오늘은 보험회사에서 전화는 안 오네. 어쩌면 그렇게 잠들만 하면 전화해서 보험 들래. 대출해달라면 죽어도 안 된다면서, 아무 때나 전화해서는 무슨 특별고객 관리라나 뭐라나 그러면서 보험 들라지. 진짜 특별고객이면 함부로 전화 못 할걸? 내가 전화 때문에 제명에 못 죽을 거야."

"내 휴대폰으로도 대출해준다는 문자 잘 오는데."

"이것들이 머리에 총 맞았구만. 애한테까지 그런 문자를 보내?"

"난 별로 신경 안 쓰고 그냥 삭제해."

"지금이 문제가 아니지. 그런 거 자주 보면 잠재의식에 대출이라는 단어가 박힐 거 아냐. 커서 돈 필요한 일 생겨봐, 대출 생각부터 들 거다."

"그런가? 잘 때는 전화 코드 뽑고 자."

"어디 전화뿐이냐. 잠이 눈에 딱 달라붙었는데, 엄마 밥 줘 그러면 자식이고 뭐고 패 죽이고 싶다. 자식이 아니라 웬수야. 니들 한참 어렸을 때, 되게 아픈 적이 있었어. 입이 바짝 마르고 몸이 바들바들 떨려서 서 있지도 못할 지경이었는데, 니들이 쫄쫄 굶고 있잖아. 그 몸으로 싱크대 부여잡고 밥하는데, 눈물이 다 나더라."

"아빠는 뭐 하고?"

"밖에서 술 처먹고 있었잖아!"

"하하하, 이제 그런 일 없으니까 걱정 마."

엄마하고 그렇게 이야기를 나누는 게 좋았습니다.

"그때나 지금이나 사는 게 왜 이렇게 무겁냐."

엄마는 냉장고 안을 살폈습니다.

"천지야, 반찬도 없는데 짜장면이나 시켜 먹자."

"나 짜장면 싫어⋯⋯."

"내가 못 살아. 지오디네는 엄마가 짜장면이 싫다고 했다던데, 우리 집은 왜 딸년이 싫다고 해. 그럼 라면이나 끓여 먹자."

나는 짜장면이 싫습니다.

"엄마, 혹시 내가 죽으면, 내 사진 앞에서라도 짜장면은 먹지 마."

"보기 드문 짜장 안티네. 짜장이 너한테 뭘 그렇게 잘못했다고."

"나는, 짜장면이 너무 싫어⋯⋯."

내가 느낄 만큼 눈이 뜨거웠습니다.

"알았어. 무슨 짜장면을 그렇게 서러워해. 걱정 마. 라면 끓일 테니까."

눈물이 볼을 타고 흘렀지만 뜨거운 눈은 식지 않았습니다.

"라면도 슬프냐?"

"짜장면 때문에⋯⋯ 나, 죽을 거야⋯⋯."

"이런 살인 짜장을 봤나. 내가 그놈의 짜장에 된장을 확 발라버릴라니까, 걱정 말고 물부터 마셔라."

엄마가 준 컵을 꼭 쥐었습니다. 차가웠습니다.

"천지야, 속에 담고 살지 마. 너는 항상 그랬어. 고맙습니다, 라는 말은 잘해도 싫어요, 소리는 못 했어. 만약에 지금 싫은데도 계속하고 있는 일 있으면, 당장 멈춰. 너 아주 귀한 애야. 알았지?"

이제 그만 멈추려고요. 눈물이 자꾸 굵어졌습니다.

"에이, 나도 갑자기 라면이 슬퍼지네. 라면이 너무 슬퍼."

미안해요, 엄마.

엄마는 두부가 아니라 만두를 보면 천지 생각이 났다. 천지 또래 아이가 만두 시식대 앞에 서 있으면, 천지도 저기 서서 만두를 먹었지 싶어 냉기가 도는 냉장 진열대 쪽으로 돌아서서 뜨거운 가슴을 식혀야 했다.

"엄마."

"딸! 웬일이야."

"집에 같이 가려고. 끝날 시간 됐잖아."

"아직 시간 좀 남았으니까 구경하고 다녀. 잠깐만, 너 배고프지?"

엄마는 바로 옆 만두 시식대로 갔다.

"만두야, 물만두 좀 삶아라. 우리 딸 주게."

"다 치웠어. 두부 부쳐줘."

"우리 애가 출소하고 왔냐? 좀 삶아!"

"아이고, 귀찮아. 코드 다 뺐구만. 생수 좀 줘."

"천지야, 기다렸다가 만두 먹어."

만두 점원은 엄마에게 받은 생수를 냄비에 부었다.

"오랜만에 왔네? 두부 언니가 너 착하다고 입에 침이 마르게 자랑한다."

천지는 피식 웃었다.

"자기만 자식 키우는 줄 알아."

천지가 만두를 먹는 동안 엄마는 시식대를 완전히 정리했다. 10시.

매장 안에 경쾌한 음악이 흘렀다.

"천지야, 밖에 나가 있어. 끝났으니까, 인사 마치고 올라갈게."

매장 직원들은 계산대 앞으로 길게 서서 남아 있는 손님들에게 인사를 했다.

"감사합니다. 안녕히 가십시오!"

천지는 마트 밖 만남의 광장에서 엄마를 기다렸다.

"가자, 딸!"

"엄마는 항상 바빠. 밥도 바쁘게 먹고, 잠도 바쁘게 자고……."

"시간이 나한테 막 덤비잖아. 새끼 둘 키우려면 바빠야지. 얘, 우리 저기서 초밥 먹자."

엄마와 천지는 초밥 트럭으로 들어갔다.

"모듬초밥 두 개 주세요. 우동 한 그릇하고. 짜장 아니니까 괜찮지?"

엄마가 끅끅 웃었다. 그리고 만지에게 전화를 했다.

"엄마야, 학원 끝났지?"

"보충이야, 끊어."

만지가 먼저 전화를 끊어버렸다.

"기집애, 쌀쌀맞은 거 봐. 얘는 엄마가 전화했는데 어쩜 이러니."

엄마는 휴대전화 폴더를 확 접어버렸다.

"수업 중에 전화받으면 압수야. 받은 게 다행이지."

"애가 왜 이렇게 차갑나 몰라. 너 없었으면 만지 때문에 얼어 죽었을 거야. 아저씨, 모듬초밥 한 개 더 주세요. 그건 포장이요."

"예!"

"너랑 만지랑 딱 반씩만 섞였어도 진짜 좋은데, 아깝다."

따뜻한 우동이 먼저 나왔다. 천지는 우동 국물을 떠먹었다.

"따뜻하다……. 엄마, 엄마도 혹시 신 같은 거 믿어?"

"나는 신이란 신은 다 믿어. 나쁜 짓 하라는 신은 없거든. 신이 얼마나 좋냐? 크리스마스하고 석가탄신일에 사람들 푹 쉬게 해주잖아. 또 쉬게 해주는 신 없나? 오늘날 우리에게 일용할 양식은 지들이 돈 벌어 사 먹게 하사, 일 년에 한 번은 푹 쉬게 해주시나니, 극락세계가 따로 없나이다. 나무아미타불 관세음보살."

"엄마가 좀 진지하게 믿음을 가졌으면 좋겠어. 그래야 덜 외로울 것 같아……."

"엄마가 진지하게 연애를 하는 건 어떨까?"

"그것도 괜찮겠네."

천지는 엄마를 보며 싱긋 웃고 막 나온 초밥을 하나 먹었다.

"신은 정말 있을까? 있으면 왜 나쁜 사람들을 그냥 둘까?"

"얘는, 그래서 잡아가는 사람도 만들었잖아. 어우, 와사비 쎄다."

"그렇구나……."

"괜히 애써 무겁게 살지 마. 산다는 거 자체가 이미 무거운 거야. 똥폼 잡고 인생 어쩌구저쩌구 하는 것들, 아직 인생 맛 제대로 못 봐서 그래. 제대로 봐봐, 웃음밖에 안 나와. 너 요즘도 책 많이 읽지?"

"머리나 식힐 겸 해서."

"이놈의 글자들 끝장을 내리라, 그러면서 전투적으로 읽으면 그게 독서 아냐. 독파지. 책하고 무슨 전쟁하는 것도 아니고."

"좋잖아, 간접경험도 하고."

"따님, 제발 직접경험도 좀 하고 사시게! 다 먹었으면 가자."

엄마는 천지 어깨를 꾹 잡고 자리에서 일어났다.

'기집애야, 나한테는 니들이 신이고 종교였어.'

엄마는 큰 대접에 계란을 넣고 마구 저었다.

다섯 개의 봉인 실

"유통기한 넘길 만큼 쌓아두고 쓸 밀가루도 없습니다! 누가 중국
산이라고 해요? 막말로 춘장이 중국에서 온 건데, 중국산이면 본토
에서 온 거 아닙니까? 예, 예, 아닙니다."

화연 아빠는 전화를 끊었다. 요 며칠 계속 이런 전화다.

"음식 암행어산가 뭐인가 떴던 거 아녀요? 뭔 책잡힌 적 있소?"

"털면 먼지 안 나는 데 있나? 신경 쓰여 죽겠네."

보신각이 뒤숭숭했다. 배달된 그릇은 자꾸 없어지고, 음식 재료
나 주방 청결에 관한 항의 전화가 심심찮게 걸려왔다. 철가방 정 군
마저 월급을 받자마자 인사도 없이 그만두었다. 남은 철가방 박 군
혼자서는 배달이 벅차, 사람을 하나 더 구할 때까지는 화연 아빠도

배달을 해야 했다. 그러니 솜씨 좋은 보조 주방장이 있어도 음식 나오는 속도는 더딜 수밖에 없었다. 초원아파트 상가로 보신각을 이전한 지 십오 년 만에 이렇게 속을 썩기는 처음이었다. 화연 아빠는 물을 한 컵 마시고 보신각을 찬찬히 둘러보았다.

그동안 정말 악착같이 일했다. 결혼하고도 오랫동안 아이가 생기지 않았지만, 그렇다고 특별히 바랄 수도 없었다. 그러기에는 양쪽 집 늙은 부모와 빈 입만 벌리고 덤비는 형제들의 뒤치다꺼리가 더 급했다.

"자식 그거 생기문 낳고 말문 마는 거제, 억지로 낳을 생각은 읎네요."

형제가 다섯이면 난 놈, 덜 난 놈, 평범한 놈, 못난 놈, 더 못난 놈이 있어야 했다. 그런데 하나같이 목구멍은 포도청인 데다가 낯짝은 왜 그리 두꺼운지, 없는 살림에 뭐라도 얹어줄 생각은 못 하고, 뭐 얻을 거라도 없나 보신각을 제집처럼 드나들었다. 손에 뭘 쥐어주지 않으면 훔쳐서라도 가져가니 차라리 형제가 없는 게 나았다. 사람 만들어보겠다고 배달 일을 시키면 철가방 내려놓고 근처 카페에서 시시덕대는 시간이 더 많았다. 한 놈씩 번갈아가며 일을 시켜봐도 그놈이 그놈인지라 별반 다르지 않았다.

"넘으 돈으로 커피 마시는 인간들이 커피 나르는 애 무시한당게. 뭣이 참말로 창피한 거인지를 모르는 것들이여. 고런 것들이 꼭 부모 형제 탓허제. 대가리가 똥물에 쩐 것들은 수억을 물려줘도 벨모

레문 또 그 모냥이여. 넘으 손에 월급 쥐여주고 말제, 인자는 그 인간들 안 볼라네요."

그즈음 화연이 태어났다.

"좀 크문 지 밥은 지가 차려 먹겄네."

화연을 돌볼 틈이 없었다. IMF 여파로 보신각 주변에 치킨집과 피자집이 우후죽순 들어섰다. 직장을 잃은 사람들과 전업주부들이 창업 전선에 합류했기 때문이다. 고만고만한 점포들이 창업과 폐업을 번갈아 했다. 창업 때마다 서비스며 사은품이 난무하니 가만히 있는 보신각만 타격을 입었다. 문제는 매상만이 아니었다. 다른 중국집에서는 짬짜면이나 탕짬면 같은 두 가지 메뉴를 한 그릇에 담아 팔기 시작했다. 같은 메뉴를 확보하지 못하면 전단지에서부터 밀렸다. 보신각도 서둘러 새 그릇을 마련하고 메뉴를 늘렸다. 짬짜면 탕짬면과 함께 짜장돈가스 짜장치킨가스도 만들었는데, 사는 게 전쟁이라는 말이 딱 어울리는 대목이었다. 하여튼, 그렇게 가족들과 등 돌리고 험난한 IMF 시국 속에서도 잘 버텼지만, 지금은 사정이 달랐다. 재료와 청결에 관한 문제는 치명적이었다.

"영민반점, 쟁반짜장까지 스티커 세 개 줄였답니다."

철가방 박 군이 들어오며 말했다.

"왜 또 그런다니. 팔수록 손해 보는 장사 아녀."

"아래 주상복합아파트 들어와서 그렇죠 뭐. 거기 상가에 중국집이 두 집이나 들어왔는데, 별수 있겠어요?"

"가운디서 목 좋다더만, 주상 들어오고 다 헛말 되얏네."

"영민 안됐어요. 주상 사람들은 영민에 잘 안 시키는데, 주상 밖 사람들은 주상으로 시키기 시작했잖아요. 주상 두 집 다 주방장이 호텔 주방장 출신이라면서요. 우리도 벌써 많이 뺏겼지만, 타격은 영민이 제일 커요."

"혹시 그 요상한 말들도 영민서 나오는 거 아녀?"

"영민 형님 그런 분 아닌 거 알면서 왜 그러세요."

"사는 게 왜 이러고 깝깝허냐……."

화연 엄마는 박 군이 들고 온 그릇 수거용 들통을 들고 주방으로 들어갔다.

"만지 언니는 어때?"

미라는 옷장에서 교복을 꺼내는 언니 미란에게 넌지시 물었다.

"이제 관심 꺼. 화연이 걔, 네가 생각하는 것만큼 이상한 애는 아닌가 보더라."

"난 갈수록 이상한 애 같던데."

"솔직히 말해봐. 천지랑 친구 하기도 싫고 안 하기도 좀 그랬는데, 죽었어. 괜히 찔리니까 화연이 걸고넘어지는 거 아냐?"

"천지랑 나는 그럭저럭 잘 지냈네요! 충고를 해도 못 알아들으니까 답답했지."

"무슨 충고를 했는데?"

"화연이랑 가깝게 지내지 말라고."

"혹시 화연이가 너한테 뭐 잘못한 거라도 있냐?"

"내가 아니라, 천지한테 많이 그랬지……."

미란은 교복 조끼 단추를 모두 떼어냈다. 품이 작아져 단추를 조끼 단 끝으로 밀어 달아야 했다.

"내 느낌인데, 너, 천지 별로 좋아했던 것 같지 않아."

"솔직히 뻔히 알면서 당하는 천지가 화연이보다 더 싫었어. 그런 애 있잖아. 순진한 얼굴로 '왜?' 그러면서 사람 잡는 애."

"그러면서 뭘 그렇게 신경 써. 근데 미라야, 뻔히 알면서 당할 수밖에 없는 경우도 있어. 그거 그냥, 당해주는 거야. 아직 돌려줄 때가 안 됐으니까. 너하고 나도 그런 경험 많지 않니?"

"……."

"하여간 너 필요 이상으로 신경 쓰는 거 같아서 보기 좀 그래."

"죽어야 할 사람이 아니라, 살아야 할 사람이 죽었으니까. 엄마처럼."

단춧구멍을 빠져나오던 바늘이 미란의 엄지손톱 아래에 푹 꽂혔다. 손톱 밑으로 가시처럼 바늘 자국이 났다. 미란은 손톱을 꾹 눌렀다. 약간의 피가 나왔다.

"졸업도 얼마 안 남았는데 뭐하러 다시 꿰매? 내가 해줄게."

미라가 교복 단추를 대신 달기 시작했다.

"아빠는 언니한테도 전화 없어?"

"언제는 했냐. 돈도 다 떨어져가는데……."

"나 좀 있어."

"일단 가지고 있어봐."

"언니, 이 동네에 그 여자 살아."

미라는 이제 말을 해야 한다고 생각했다.

"천지 엄마, 진짜야. 진짜 죽었다니까."

지난겨울, 미라가 찬거리를 사기 위해 마트에 막 도착했을 때다. 2층으로 올라가는 계단에서 아빠 목소리가 들렸다. 그리고 천지 엄마라고 했다.

"너 그러다 천벌 받는다. 아, 벌써 받았네. 애들 엄마 죽었다는 걸 보니까."

"그래, 죽었다고. 이제는 진짜라니까!"

"생각보다 더 나쁜 놈일세. 이제는 진짜라고? 꺼져."

탁 탁 탁 탁!

거친 걸음 소리만으로도 두 사람의 감정을 알 수 있었다.

미라는 두 사람을 피하지 않고 계단 앞에 똑바로 섰다.

천지 엄마가 먼저 내려오고 바로 곽만호가 내려왔다.

"엄마가 죽는 날까지 다른 여자랑 비교하더니, 겨우 이런 아줌마였어?"

곽만호는 당황했고, 천지 엄마는 빠르게 사태를 파악했다.

"별 거지 같은 놈을 만났더니, 애먼 애한테 애먼 소리를 다 듣네."

미라가 천지 엄마를 째렸다.

"네 맘 충분히 이해하니까 오늘은 아줌마가 참는다. 근데 너, 알려면 똑바로 알아라. 아빠가, 네 엄마하고 십 년 전에 상처했다고 했다. 오랫동안 부인 병 수발하느라고 가진 거 다 잃었지만, 새끼들 때문에 악착같이 살았대. 네 아빠 얼굴 봐라. 그냥 보면 얼마나 착하게 생겼니? 나도 속아서 삼 년을 만났다. 꼬박꼬박 밥 사 먹이면서!"

곽만호가 그러고도 남을 인간이라는 건 미라도 알고 있었다. 천지 엄마도 이해가 됐다. 하지만 알고 이해한다고 해서 불쾌한 감정이 사라지는 건 아니었다. 미라는 천지까지 엮인 이 관계가, 싫었다. 그동안 순진한 천지를 위해 키다리 아저씨처럼, 비밀 수호천사처럼, 화연이 천지에 대해 퍼뜨리는 소문들을 잠재우려고 했었다. 그런데 아빠의 여자가 천지 엄마라니. 곽만호는 천지 엄마와 미라 엄마를 비교하면서 두들겨 팼고, 미라 엄마를 골병든 집벌레 취급을 했었다.

'씨발······.'

미라는 마트를 달려 나갔다.

곽만호가 쫓아와 미라 손에 삼만 원을 쥐어주었다.

"새엄마 될지도 모르니까, 싸가지 없게 굴면 혼난다. 가지고 가."

곽만호는 다시 마트로 들어갔고, 미라는 돈을 꽉 쥔 채 집으로 돌아왔다.

"갑자기 여기로 이사 온 이유가 있었어."

"넌 그걸 왜 이제 얘기해?"

"말할 타이밍을 놓쳤어. 아빠야 원래 그런 사람이지만, 이번에는 상대가 천지 엄마라는 게 좀 그랬고. 천지한테도 말 안 했어."

"왜?"

"쪽팔리잖아. 그런 사람이 아빠라는 게…….."

미란은 작은 플라스틱 반짇고리를 옷장 안에 넣었다.

"인간이 어쩌면 그렇게 사냐. 만지는 또 어떻게 봐. 아 씨…….."

"그때 준 돈 하나도 안 썼어."

"더럽고 치사해도 써. 나 고등학교만 졸업하면 바로 취직할 거니까, 넌 죽어라 공부해서 꼭 대학 가."

"나 혼자 대학 가서 뭐하냐?"

"너라도 가야지, 병신아!"

미라는 언니를 바라보았다.

"나중에 무슨 일이라도 생겨 봐. 똑같은 거 둘이 꿍얼거려봤자 안 통해. 하나라도 나은 사람이 따져도 따져야지. 우리 이렇게 살아도 한 번도 안 오는 친척들이 그때라고 나서 줄 거 같냐?"

"엄마가 아플 때 하던 말을 멀쩡한 언니가 하니까 되게 이상해.

언니가 가. 내가 돈 벌 테니까."

"나 대학생이면, 넌 고2야. 말이 돼? 배고프다, 밥이나 먹자."

"내가 밥 올릴게."

미라는 밥솥을 들고 쌀통 앞에 쭈그려 앉았다.

"언니. 꼭 대학을 나와야 나은 사람이 되는 걸까?"

"사람들이…… 그렇게 판단하잖아. 그게 제일 쉬운 방법일 테니까."

아이들은 화연이가 뒤끝이 없다고 합니다. 그런데 나는 아니라고 합니다. 활을 쏜 사람한테 뒤끝이 있을 리가요. 활을 쏴서 미안하다고 사과를 질질 흘리고 다니는 사람, 아직 못 봤습니다. 아이들은 과녁이 되어 몸 깊숙이 박힌 활이 아프다고 한 제게 뒤끝을 운운합니다. 참고 인내해야 하는 건 늘 당한 사람의 몫인지요. 아이들은 저 스스로 활을 뽑고 새살을 돋아나게 해 파인 자국을 메우길 바랐습니다. 그렇게도 해보았습니다. 그런데 새로 돋아난 살은 왜 그렇게 눈에 띄는지, 더 아팠습니다. 국어 수행평가는 좋은 기회였습니다. 그렇다고 발표까지 염두에 둔 건 아니었습니다. 작성한 설문지를 2부 프린트해서, 1부는 숙제로 내고 1부는 실수인 척 교실에 둘 생각이었습니다. 대상이 확실한 글이기 때문에 눈치 빠른 화연이는 알 거라고 생각했습니다. 나는 거기까지였습니다. 그런데 선생님이 발표를 시킨 것입니다. 기회. 선전포고. 충돌. 당당하게 맞설 생각이었습니다.

"아까 발표한 거, 누구 들으라고 쓴 거야?"

"너."

"아이 뭐야, 너 아직도 꽁한 거야? 사과했잖아."

뻔뻔함이 화석이 되어 심장에 박힌 아이. 시기와 질투, 빈정거림과 잔인함이 온몸을 비늘처럼 에워싸고 있는 아이였습니다.

"내가 벌써 애들한테 뺑이라고 했다니까. 야, 우람아!"

회피. 희석. 동조자 내지 지원군.

"내가 전에 천지 멍청하다고 한 거, 잘못 본 거라고 했지? 초등학교 때 왕따 아니었다고 정정했지?"

"응."

"거봐. 벌써 다 얘기했다니까! 얘 안 믿는다."

"그래서 수행평가 그렇게 쓴 거야? 전에 화연이가 사과한 거 같은데, 너 은근 피곤하다."

전술과 전략의 실패. 기회의 허비. 필요에 의한 동조자. 지금 아이들에게 필요한 사람은 내가 아니라, 화연이였습니다. 이 아이들 그만 보고 싶었습니다. 아이들마저 검은 구름이 되어 나를 우울하게 만들었습니다. 그래서 더 이상 넓은 판을 짜지 않았습니다. 대신 줄을 짜기 시작했습니다. 조금 긴 줄이어야 했습니다.

"천지야, 애들하고 노래방 가자."

"오늘 꼭 빌려야 할 책이 있어서 도서실에 가야 돼."

"나 분명히 같이 가자고 했다. 괜히 나중에 내가 너 따돌렸다고 하면 안 돼!"

차라리 웃음이 났습니다. 하하하. 하하하하.

구령대 뒤로 난 계단에 앉으면 운동장이 한눈에 들어옵니다. 아이들이 빠져나간 운동장은 너무 우울합니다. 텅 빈 운동장에 홀로 우뚝 서 있는 농구대마저 그렇습니다. 나는 가방에서 털실과 코바늘을 꺼냈습니다. 촘촘한 사슬뜨기가 좋겠습니다.

"뭐 하냐?"

미라. 돌아보지 않았습니다.

"손하고 눈이 쉬는 날이 없다니까. 뭘 만드는데 이렇게 길게 짜?"

"쓸데가 있어서."

"수행평가 그거, 선전포고지? 보기 좋게 실패했고."

알고 있는 사실에 대한 확인. 알고 있다는 것에 대한 거드름.

"김화연한테 그게 먹힌다고 생각해? 걔 그거 안 통해."

그럼 어떡할까? 곽미라 넌, 공범자는 되기 싫고, 멋진 구경은 하고 싶은 거야. 그렇지?

"애들이 김화연 좋아서 같이 다니는 줄 아냐? 맨날 먹을 거 사주지, 노래방비 다 내지, 극장 가면 팝콘을 쫙 돌린단다. 봉이야 그냥."

하하하. 가만 보면 남들도 다 아는 사실을 저만 아는 줄로 착각하는 사람이 있습니다. 그런데 그런 사람일수록 사실은 남들보다 덜 알고 있습니다. 모두가 같은 중학교로 배정받기 전에, 적어도 같은 반으로 확정되기 전에, 아직 내 마음에 자리하고 있던 아이들과 헤어져야 했습니다. 이렇게 늦으면 안 되는 거였습니다.

"나, 갈게. 근데 그 끈 두껍기만 하고 별로 안 예쁘다. 다른 색도 좀 섞어라."

몰랐나 봅니다. 나는 언제나 붉은색 실로만 짜다는 걸

딩동댕 동―

"주민 여러분께 안내 말씀 드립니다. 오늘은 알뜰 시장이 서는 날입니다. 102동 앞 주차장 화단 쪽으로 주차를 하신 각 세대 분들은 신속하게 다른 곳으로 이동시켜주시기 바랍니다. 다시 한 번 안내 말씀 드립니다……."

"아침부터 시끄러워 죽겠네."

엄마가 찌개를 뒤적이며 말했다.

딩동댕 동―

"아요, 꾸진 아파트가 스피커 성능은 왜 저렇게 좋아!"

"다시 한 번 안내 방송 드립니다. 오늘은 알뜰 시장이 서는 날입니다. 간식거리와 고사리, 도라지, 무, 생선 같은 찬거리가 준비되어 있으니 주민 여러분께서는……."

"저놈의 스피커를 뽑아버리든가 해야지."

"하루 이틀도 아닌데 뭘 그래."

"하루 이틀이 아니니까 그러지. 요즘은 다 개방돼서 나물이고 뭐고 거의 수입품이더구만, 뭐 그렇게 대단한 거 열렸다고 아침부터 떠들어대."

"엄마 지갑도 조속하게 개방돼야, 우리 집 밥상이 풍요로워질 텐데."

"이건 머리는 꽉 막힌 게 주둥이만 확 개방됐어요."

"참 나……."

"하는 폼 보면, 니가 천지보다 훨씬 공부를 잘했어야 돼. 요즘 대학 입학률이 팔십 퍼센트가 넘는다며? 넌 좋겠다, 얼마 안 되는 고 이십여 퍼센트에 속할 테니."

"개방 얘기하다가 갑자기 웬 대학? 대화에 일관성이 없어."

"군데군데 팡팡 개방된 니 성적표가 생각나서 그러지……."

순간, 엄마는 말을 뚝 멈추고 만지를 뚫어지게 보았다.

"왜 말을 하다 말아. 방어하는 사람 맥 빠지게."

"그러고 보니까, 너 참 말 많아졌다. 단답형으로만 말하던 게."

"내가 언제……."

"많아졌어. 나쁘지 않아."

엄마는 다시 밥을 먹기 시작했다.

"나 대학 안 가고 택시기사 할까? 개인택시 하면 돈도 잘 번다는데."

"아뇨, 혈압이야. 어디서 김빠진 정보는 주워들어서는. 경기가 하도 나빠서 개인택시도 한물갔네요. 뭐 잘하면 57분 교통방송에서 니 목소리 듣겠다?"

딩동댕 동—

"관리실에서 안내 말씀 드립니다……."

"어머, 오늘따라 왜 저러니."

"하하하. 악착같이 차를 안 빼는 사람이 있나 보지. 하여간 나 먼저 나가. 체력장 있어. 아, 그리고 엄마. 내가 언제 천지보다 성적이 나쁜 적 있었나? 관심 좀 갖지?"

만지는 피식 웃으며 신발을 신었다.

엄마는 멍하니 만지를 보았다. 그랬다. 수치로 분명하게 나타난 성적표를 보고도 시간이 지나면 천지는 늘 잘하는 아이로, 만지는 늘 불안한 아이로 여겨졌다. 어긋난 관심이었다. 그래서는 안 되었다…….

멀리뛰기를 마친 만지는 발자국이 찍힌 모래판을 돌아보았다.

"기록 뭐 이래? 10센티나 줄었네. 체력장 망쳤군."

"오래달리기 남았잖아."

미란이 만지 어깨에 손을 턱 올리며 위로했다.

"오래달리기……. 에이."

만지는 땅바닥에 털썩 주저앉았다.

미란도 옆에 앉았다.

"오늘 체력장 해서 힘들 텐데, 학원 가지 마라."

"빠지면 엄마한테 전화 가니까, 그냥 가서 자려고."

"너 그런 거 신경 쓰는 애 아니잖아. 나랑 저녁 먹자."

"나는 왜 어른이 아니라, 애들이 문제아 취급을 해."

미란은 질질 끌고 배배 꼬고 두루뭉술한 건 질색이다. 그런 면에서는 만지와 꼭 닮았다. 말이 길어져봤자 정신 건강만 해칠 것 같았다.

"네 엄마하고 우리 아빠에 대해 할 말이 있어."

"솔로인 두 사람, 결합시키자고?"

"네 엄마가 손해지. 가자."

만지와 미란은 자리에서 일어나 대열을 맞춰 걸었다. 다음은 오래달리기다.

태양은 늦더위를 지켜야 할 사명을 띤 것처럼 악착같이 열기를 뿜어댔다. 만지는 두 바퀴째부터 벌써 호흡 조절이 힘들었다. 세 바퀴째에는 머리가 지글지글 끓는 것 같았고, 뜨거운 태양 아래서 운동장을 달리던 학생이 죽었다는 신문기사가 남 일 같지 않았다. 뇌가 익어버린 것 같았다. 만지 옆으로 미란이 다가왔다.

"죽겠다."

"너한테 쓸데없는 말 들어서 더 힘들어."

"말하는 거 보니까, 아직 힘이 남았나 보네. 난 아주 죽겠어."

"기권해."

"그럴 순 없지. 이제 세 바퀴 남았다, 힘내자!"

미란이 만지를 앞섰다.

"하— 나는 그만 기록 포기할라니까, 너는 계속 강행군하시게!"

만지는 손바닥을 날개처럼 쫙 펴고 경보 비슷한 자세로 바꿨다.

"이만지, 너란 애는 참……."

만지는 미란이 봐온 사람들 중에 가장 건성건성인 아이였다. 싫은 것만 건성인 게 아니라 좋아하는 것마저 건성이었다. 믿지 않았다. 저 좋은 것만 열심히 하는 아이였다면 결코 좋아하지 않았을 것이다.

"맛있겠다, 그거."

"먹어."

"큐브 잘하네?"

"대충 맞춰."

"가다가 이것 좀 버려줄래?"

"아이 귀찮아. 이리 줘."

미란은 괜찮은 아이를 만났다고 생각했다. 그런데 아빠가 의도한 일 때문에 이루어진 만남이라니. 그것도 가족으로 엮으려고. 헛웃음이 났다. 아빠에게 감사해야 하나? 어쩌면 이제 다시는 전처럼 만지를 볼 수 없을지도 몰랐다. 그래도 아직까지 아빠가 만지 엄마에게 접근하고 있다니, 말을 해야 했다. 순수한 게 아니라 불순한 의도로 접근한 걸 알고 있으니까.

만지와 미란은 서로 앞서거니 뒤서거니 해가며 오래달리기를 마쳤다.

"가자, 맛있는 거 사줄게."

"무슨 얘긴지 진짜 궁금한데, 너무 피곤해서 집에 가서 잘란다. 내일 얘기하자."

"오늘 하고 싶다."

"너 나 좋아하냐?"

"그랬어……. 이제는 조금 아슬아슬하지만."

"그럼 계속 아슬아슬하시게. 난 이만."

미란이 만지 손목을 세게 잡았다.

"우리 집으로 가자. 가서 좀 쉬어, 불편하겠지만."

"……."

미란이 앞장서서 걸었다.

만지는 잠시 서 있다가 곧 미란을 따랐다.

미란은 집에 오자마자 침대 이불을 젖혔다.

"좀 자라, 진짜 피곤해 보여. 그리고 떡볶이, 쫄면, 좋지?"

"그래……."

만지는 침대에 벌러덩 누웠다.

"편한 옷 줄까?"

"아니."

미란은 교복을 벗고 간편한 옷으로 갈아입었다.

"네 아빠하고 우리 엄마 그렇고 그런 사이다, 그런 거면 너 죽는
다. 좀 잘게."

만지는 이불을 머리끝까지 올려 덮었다.

미란은 음식 재료를 사기 위해 지갑을 들고 밖으로 나갔다.

미란이 나가고 얼마 뒤 미라가 집으로 왔다. 현관에 못 보던 신발
이 있어 조심스럽게 집 안을 살폈다.

"체력장 힘들었나 봐?"

미라가 넌지시 물으며 들어왔지만 아무 대답이 없었다.

침대에서 누군가 이불을 뒤집어쓴 채 자고 있지만, 분명 미란은
아니었다.

"누구세요?"

"……."

미라는 조용히 가방을 내려놓고 방을 나왔다.

미란이 집으로 돌아왔다.

"뭘 이렇게 잔뜩 사 왔어?"

"떡볶이랑 이것저것."

"돈 없다며."

"싹싹 긁었어."

"……근데, 누구야?"

"만지."

"아……."

"불편하니?"

"그렇지 뭐. 도와줄게."

미란과 미라는 능숙하게 재료를 손질하고 요리를 했다. 긴 세월 자리에 누워 있던 엄마와 손님처럼 다녀가는 아빠를 둔 탓이다. 부모를 챙기며 살아야 했던 미란과 미라. 오늘은 아빠가 벌이고 다니는 일에 대해 정리를 할 필요가 있었다.

"언니. 나 사실은 엄마 죽었을 때, 속으로는 조금 좋았다."

"나도 그랬어……."

미란은 떡볶이를 뒤적거렸다.

"아파서 누워 있으면서 아빠가 만나는 여자들한테는 왜 그렇게 집착해? 답답하고 싫었어. 아빠, 능력도 없고 솔직히 별로잖아……."

미란은 눈짓으로 만지를 가리키면서 입술을 앙다물었다. 이런 이야기라면 둘이 있을 때 해도 됐다.

"가서 만지 깨워."

미란은 커다란 접시에 완성된 쫄면을 담았다. 상차림이 제법 그럴 듯했다. 떡볶이와 쫄면, 세 개의 작은 접시, 세 잔의 주스가 놓였다.

미라는 만지가 덮어쓴 이불을 조심스럽게 걷어내고 어깨를 살짝 흔들었다.

"언니……."

"……."

"비켜봐. 이만지, 일어나!"

미란이 만지 어깨를 자기 쪽으로 확 돌리며 소리쳤다.

놀란 만지 눈이 눈꺼풀이 움직이는 인형처럼 깔끔하게 딱 떠졌다.

"뭐야, 니들……."

"두 시간이나 잤어. 일어나, 저녁 먹게."

"그냥 두기 난감한 자매네. 아오, 놀래라."

만지는 자리에서 일어났다. 자기 전보다 몸은 더 무거웠고 종아리와 허벅지가 심하게 당겼다. 만지는 어기적어기적 걸어 상 앞에 구부정하게 섰다.

"이 청빈한 상차림은 다 뭐야?"

"재료가 조금 부족했어. 맛은 괜찮아."

만지는 한쪽 무릎을 세우고 앉아, 세운 무릎에 가슴을 기댔다.

"쫄면에 계란 없는 건 봐주겠는데, 떡볶이에 오뎅은 왜 없어?"

"우린 자주 이렇게 해 먹어. 오늘은 재료 살 돈이 부족했고."

"근데 주스는 뭐야? 그냥 물 먹고 오뎅이나 사지. 쯧쯧쯧."

만지는 접시에 떡볶이를 덜었다.

"너 많이 피곤해 보여서, 비타민C 먹이려고 샀다."

"대책 없이 무모한 친구 같으니라고. 먹자, 맛있겠다."

미라는 만지가 낯설었다. 행동 하나하나가 천지와 너무 달랐다. 부드럽고 섬세한 천지와 무뚝뚝하고 건성건성인 만지였다.

"얘기할 때 됐잖아. 얼른 해."

만지가 쫄면을 뒤적이며 말했다.

"네 엄마한테 혹시 남자친구 없니?"

"있었어. 알고 보니 양아치더라, 뭐 그렇게 끝난 것 같고."

"그 양아치, 우리 아빠야."

"별로 안 궁금했지만, 그 남자였군."

"나, 그 여자 죽여버리고 싶었어."

"뭐 그렇게 잘난 남자 만났다고 그 여자를 죽여?"

"병든 부인이 있는 남자하고 시시덕거리는 게, 정상은 아니라고 생각했으니까."

"그런 여자 아냐."

"알아, 얼마 전에 알았어. 아빠가 이리로 이사 온 이유가, 그 여자가 이 동네에 살고 있어서더라. 엄마가 죽으니까 딴에는 당당해졌다고 생각했겠지."

"설마, 그건 좀 오바다. 다른 동네 있으면 못 만나냐?"

"넌 우리 아빠 잘 몰라. 남들이 설마 하는 일, 태연하게 저지르는 인간이야."

"뭐 어쨌거나, 현재는 정체를 안 우리 엄마한테 차였다, 그 말이지?"

"넌 어때?"

"속아서 만났고, 속은 거 알았고, 그런 인간 차버렸는데, 뭐. 엄마

애인에 대해서 촌스럽게 굴 생각 없어. 쫄면 맵네."

"그때 아빠한테 엄마가 없었다면, 나도 그렇게 생각했을 거야."

"두 사람 결합시키자는 말은 아닐 테고, 뭐가 더 있어?"

"그게 다야. 나는 알고 있는데, 너는 모르고 있는 게 불편했어. 우리가 운명처럼 우연히 만난 게 아니라, 아빠 때문에 만난 엄청 찌질한 필연 같아서 기분 좀 그랬고."

"됐어, 그럼. 이제 알았으니까, 그런 어른 양아치들, 우리가 어떻게 못 해. 대책이 없어. 지금이 과거고 현재고 미래거든. 개뿔도 없으면서 뭐나 있는 것처럼 구는 거, 어른 양아치들이 더해."

"......"

미란은 만지를 뚫어지게 보았다. 저런 말을 할 줄 아는 아이라는 거, 몰랐다.

"인생이 하류가 아니라 의식이 하류인 인간들이야. 자기가 쓴 잔머리가 역사에 길이길이 남을 줄 알지. 기분 나쁘니?"

"아니."

"그런 모자란 어른들 얘기는 그만하고, 천지 얘기 좀 듣자. 미라야."

갑자기 호명돼 놀란 미라는 삼키려던 쫄면을 도로 뱉어냈다.

"우웩!"

"애가 좀 더럽네……. 삼켜!"

"하하하. 푸하하하."

미란이 웃음을 터뜨리며 미라의 등을 두드렸다.

미라는 입으로 넘어온 쫄면을 겨우 수습했다. 눈동자가 빨갰다.

"천지가 약점이라도 잡혔나 했다면서?"

"괴롭히는 거 뻔히 알면서 계속 같이 다니잖아요."

"천지 친구가 화연이 말고 없었니?"

"저처럼 가볍게 얘기 정도 하는 애는 있었죠. 근데 붙어 다니는 애는 없었어요. 화연이가 중간에서 다 커트시켰잖아요."

"왜 그랬대?"

"원래 그런 애예요. 그러면서 나한테는 천지하고 놀아준 적 있냐고 따지더라고요. 가지고 논 거하고, 같이 논 거하고 구분 못 해요."

"너는 왜 천지랑 안 놀았어?"

"언니는 전교생하고 다 놀아요?"

"아니."

"착한 애가 당한다 싶어서 살짝 도와주기는 했는데, 지난겨울에 마트에서 아빠랑 아줌마 보고, 천지 싫어졌어요."

"천지도 두 사람 관계 알았니?"

"그건 모르겠어요. 난, 말 안 했어요."

"천지가 나에 대해서 한 말은 없니?"

"천지한테 언니가 있는 줄 몰랐어요. 언니가 우리 언니 친군지도 몰랐고요."

"차라리 욕했다고 하는 게 더 낫네."

만지가 고개를 숙였다. 상 위로 눈물이 후드득 떨어졌다.

갑작스러운 눈물에 미란과 미라는 당황했다.

"하하하하. 아 씨……. 나, 간다!"

만지는 손바닥으로 눈을 마구 비비며 일어섰다. 손등으로 눈물이 흘렀다. 가방을 메는 순간에도, 신발을 신는 순간에도, 눈물은 멈추지 않았다.

"미라야, 우리 만지 바래다주고 오자."

"오지 마. 니들 보니까 열 받아. 다른 집 자매도 다 니들 같은 거 아니지? 나란히 음식 하고 언니가 숟가락 주면 동생이 젓가락 주고, 콜록대면 등 두드려주고, 그런 거 아니지?"

"응."

"나오지 마."

만지가 현관문을 열었다.

"잘 가라……."

"안녕히 가세요."

미란과 미라는 현관에 서서 마중했다. 밖으로 나간 만지가 문을 닫았다.

미란과 미라는 다른 가족들에 대한 환상이 없었다. 사람 사는 거 다 같을 거라고 자신들의 비루한 삶을 위안했다. 그리고 오늘 보니 그 생각이 영 틀리진 않은 것 같았다. 하지만 더 이상 위안은 되지 않았다.

마트 안은 저녁 장을 보는 사람들로 북적였다. 만지는 이 동네로 이사 와서도 마트에 들어가 볼 생각은 하지 않았다. 엄마가 마트에 있으니 장을 보러 갈 필요도 없었고, 필요한 게 있으면 전화로 말하면 됐다. 더욱이 마트는 엄마의 직장이다. 엄마 직장에 쓸데없이 드나드는 건 보기에도 안 좋을 것 같았다. 그런데 엄마와 장을 보러 나온 또래 아이들을 보니 엄마한테 미안하기도 하고 부럽기도 했다.

"다 똑같아. 괜히 신제품이라고 비싸기만 해."

"이게 더 좋다니까. 난 그거 불편해."

엄마와 아이는 서로 다른 종류의 생리대를 들고 있었다.

"한 번 쓰고 마는 건데 뭘 그래. 그건 너무 비싸."

"그래도 난 이게 좋아."

아이는 자신이 고른 생리대를 카트에 쑥 넣고 다른 곳으로 갔다. 아이 엄마는 들고 있던 생리대를 진열대에 다시 올려두고 아이를 따랐다.

만지는 진열대로 가서 아이가 카트에 넣은 생리대를 보았다. 엄마가 얼마 전부터 사 오는 생리대다. 다른 제품보다 상당히 비쌌다. 항상 마트가 문 닫을 무렵 물건이 가장 쌀 때 장을 봐 오는 엄마라서 생리대도 당연히 싼 걸로 사 오는 줄 알았다.

"비싼 거였네. 대충 사 오지."

두부 시식대에는 아무도 없었다. 만지는 자리를 잘못 찾았나 싶어 마트 안을 두리번거렸다. 그때 마트 구석 창고에서 두부 상자를 든 엄마가 나왔다.

"어? 딸! 웬일이야?"

딸. 그 한마디가 주는 포근함이라니. 만지는 엄마를 보며 슬쩍 웃었다.

"왜 이렇게 힘이 없어?"

엄마는 두부 진열대 아래에 상자를 내려놓았다.

"체력장 해서 좀 피곤하네."

"체력장이 내 딸 잡네. 힘든데 집에 안 가고 여긴 왜 왔어?"

만지가 대답도 하기 전에, 손님이 다가왔다.

"찌개용 작은 건 없어요?"

"있지요."

엄마는 상자에서 얼른 두부를 꺼내 주었다. 손님은 두부를 들고 다른 코너로 갔다. 엄마는 상자에 있는 두부를 빠르게 진열했다.

"잠깐 기다려, 창고에 상자 갖다 놓고 올게."

엄마는 빈 상자를 들고 다시 창고로 달려갔다.

"학생!"

만두 점원이 만지를 불렀다.

"두부 언니 큰딸이지? 이리 와."

두부 언니. 만두 점원은 엄마를 그렇게 불렀다.

"와서 만두 먹어. 맨날 자랑하더니, 두부 언니가 딸들은 진짜 예쁘게 낳았네."

만지가 만두를 먹는 동안 엄마가 창고에서 나와 두부 시식대 앞
에 섰다. 그리고 두부를 작게 잘라 계란을 묻혀 전기 프라이팬 위에
올렸다. 계란 냄새가 확 풍겼다. 그때, 건어물 코너를 지나온 남자
가 만지 옆으로 와 만두를 빠르게 먹어치웠다. 만지는 이쑤시개를
내려놓았다.

"하나 드릴까요? 원앤원 행사제품이에요."

남자는 대답 없이 만두를 먹던 이쑤시개를 물고 다른 곳으로 이
동했다.

"다 처먹고 그냥 가네. 여자들보다 더 뻔뻔해."

엄마가 만두 시식대 앞으로 왔다.

"우리 딸, 만두 좀 많이 먹었냐?"

"많이 먹이고 싶은데, 입이 많네."

"전 괜찮아요……. 감사합니다."

만지는 엄마와 함께 두부 시식대로 갔다.

엄마는 발 위치를 계속 바꿔가며 두부를 부쳤다.

"의자 있어야겠네."

"의자는 무슨……. 너 무슨 일 있지?"

"없어. 지나가다가 잠깐 들렀어."

"왜 안 하던 짓을 하고 그래. 가슴 철렁하게."

"갈게."

"기다려."

엄마가 주머니에서 천 원짜리를 하나 꺼냈다.

"저기 음료수 있는데 가서 비타오백 하나 사 먹고 가."

"웬 비타오백?"

"기집애가 체력장 좀 했다고 눈이 뻘게서는. 비타민 먹어야 돼."

만지는 뒤로 확 돌았다. 비타민이라는 말에 눈물이 툭 터진 것이다. 만지는 고개를 숙인 채 뚜벅뚜벅 음료수 냉장고 쪽으로 걸어갔다.

만지는 마트 옆 비탈길을 올랐다. 길 폭은 넓었지만 차로 이동하지 않는 한 걷기에는 가파르고 힘든 길이었다. 만지는 맨날 걷던 길에서 처음으로 엄마의 다리를 떠올렸다. 종아리 뒤로 선 굵은 힘줄이 온종일 서서 두부를 부쳐서만은 아닌 듯했다.

"다리 되게 아팠겠네."

만지는 집으로 오자마자 천지 물건이 담긴 상자를 와르르 쏟아냈다. 수첩과 볼펜, 샤프심, 휴대전화 고리, 스킬용 털실, 붉은 털실 뭉치가 바닥에 널브러졌다.

"천지, 학교에서 잘 지내지?"

"잘 지내겠지."

"천지, 저녁은 먹고 자는 거야?"

"먹었겠지."

"천지는?"

"놀러 갔겠지."

"천지는?"

"……."

엄마는 늘 그렇게 물었고, 만지는 늘 그렇게 대답했다.

"아무리 그래도 나, 네 언니야, 어떻게 그렇게 가버려!"

만지는 스킬용 털실을 방바닥에 마구 뿌리고 수첩은 갈기갈기 찢었다. 붉은 털실 뭉치에서 천지를 떠나보낸 긴 줄이 떠올랐다. 만지는 털실을 닥치는 대로 풀어버렸다. 풀어진 털실이 발등에 수북이 쌓였다. 풀면서 엉킨 털실 더미가 천지와 자신의 모습을 보여주는 것만 같았다. 서로 엉켜버린 자매라니……. 마침내 털실 끝이 스르르 풀리면서 실패가 툭! 떨어졌다. 파란색 편지지를 접어 만든 실패였다. 얼마나 꽁꽁 접었는지 떨어져도 접힌 모습 그대로였다. 만지는 실패를 주워 활짝 펼쳤다.

항상 부러웠던 우리 언니.
내가 멀리 떠나도 잊으면 안 돼. 사랑해, 언니.
다섯 개의 봉인 실 중 그 두 번째.

쿵. 쿵. 쿵. 심장이 뛰었다.

"이제 봤니?"

만지는 고개를 번쩍 들었다. 앞에 엄마가 서 있었다.

"너 좀 이상해서 만두한테 부탁하고 왔어."

"엄마, 이거……."

편지지를 꼭 쥔 만지는 목이 꾸꺽거려 말을 잇지 못했다.

"나도 있어. 첫 번째, 봉인 실."

엄마는 바닥에 내동댕이쳐진 상자를 주워 천지의 물건을 담기 시작했다.

"얼마나 운 거야? 눈 시뻘건 것 좀 봐. 피 나오겠다, 기집애야."

"하— 말이나 좀 해주지!"

"천지가 너한테 준 거면, 니가 풀어야지. 너 스스로 알아서."

"엄마 참 지독하다."

만지는 천지가 쓴 글을 몇 번이나 되풀이해서 읽었다. 매일 보던 털실인데 너무 늦게 풀었다. 사랑한다는 천지의 마지막 말이 고마운 만큼 미안했다.

"이 편지, 엄마도 있어서 진짜 다행이다……."

만지는 편지지를 본래의 실패 모양으로 접어 손에 꼭 쥐었다. 그리고 책가방에서 비타오백을 꺼내 엄마 얼굴 옆으로 불쑥 내밀었다.

"마셔."

"아오, 깜짝이야. 너 먹으라니까."

"두 개 샀어."

"됐다 나중에 먹어."

"의자가 없어서 엄마도 비타민 필요할 것 같더라."

"기집애가 순 싸구려로 감동시키네."

엄마는 코를 한 번 훌쩍이고 비타오백을 쭈욱 마셨다.

"반만 남겨줘."

"켁!"

"아, 드러워. 사람들이 왜 이렇게 되새김질을 해. 그냥 다 마셔."

만지는 주방까지 굴러간 볼펜을 주워 상자에 넣었다.

사레가 걸린 엄마는 눈이 빨갛게 되도록 기침을 해댔다. 털실 뭉치를 주던 천지가 떠올라 목이 메어 기침을 멈출 수가 없었다.

"엄마도 쉬는 시간에 뜨개질해봐. 재밌어."

"그럴 시간 있으면 잠이나 자겠다."

마침 드라이를 마친 뒤여서 털실 뭉치를 드라이어와 함께 바구니에 넣어두었다. 코바늘이 꽂힌 털실 뭉치였다. 그 털실 뭉치를 꺼내 뜨개질을 시작한 건, 천지를 보내고 온 날 밤이었다.

"넌 이게 그렇게 재밌었냐?"

엄마는 천지 방식대로 뜨개질을 했다. 용도를 정하지 않고 그저 넓게만 짜던 천지 식의 뜨개질. 한 땀 한 땀 뜨개질만 한 게 아니라, 제 속에서 엉킨 마음을 한 땀 한 땀 짜냈을 것이었다. 그리고 며칠 뒤, 털실 끝에서 실패가 툭 떨어졌다.

먼저 가서 미안해요.

그래도 씩씩하게 잘 지내겠다고 약속해주세요.

안 그러면 내가 속상하니까. 사랑해요, 엄마.

다섯 개의 봉인 실 중 그 첫 번째.

엄마는 저 짧은 문장에서 천지의 목소리를 들었다. 미안함의 형태를 쉬이 가늠할 수 없어 사과 한마디 못 하고 있었는데, 천지가 먼저 사과를 한 것이다. 그저 고맙다는 말로 어떻게 그 고마움을 다 전할 수 있을까. 이제, 만지가 두 번째 털실 뭉치를 풀었다.

"정말로 다섯 개가 있나 보다……."

엄마가 마구 풀어헤쳐진 털실을 다시 돌돌 감으며 말했다.

"누굴까? 누가 또 받았을까?"

"짐작 가는 사람 있어?"

"있는 것 같기도 하고, 없는 것 같기도 해."

만지는 엄마가 털실을 감기 쉽도록 엉킨 부분을 풀었다.

"나는 말이야, 사실은 널 줄 알았다. 천지는 걱정도 안 했어. 애 앉혀놓고 이런 말 하는 거 참 뭐한데, 넌 아빠를 너무 닮았거든."

"섬뜩하네."

"봐, 넌 섬뜩하네, 로 끝이잖아. 아빠도 그랬어. 언뜻 다정해 보여도, 속은 아주 차가웠어."

"그런 사람하고 왜 결혼했어?"

"지켜줘야 한다고 생각했지. 근데 결혼은 그렇게 하는 게 아니더라. 누가 누굴 지켜. 그거 웃긴 거야."

"그래도 끝까지 지켜보지 그랬어?"

"지쳤지 나도. 사람 안 변하더라. 내가 제일 싫어하는 말이, '원래'라는 말이야. 걔가 원래 그런다. 원래 그러는 거 모르고 결혼했냐? 환장할 뻔했다. 뭘 해도, 원래라는 말 앞에서 다 무너지는 거야. 처자식 굶고 있는데, 원래가 어딨냐? 나도 진짜 원래 그런 사람으로 태어났으면 원이 없겠더라. 잘 좀 풀어봐."

만지는 꽉 엉켜버린 매듭을 이로 잡아당겼다.

"세상 어지러운 거 지 눈에만 보이나. 막말로 1인 시위라도 하면 응원이나 했지. 허구한 날 술에 절어서 다니니까, 저런 놈 때문에 나라가 이 지경이 됐다는 말밖에 더 들어? 도로 공사니 뭐니 하면서 툭하면 멀쩡한 도로를 파헤친다고 시청을 그렇게 욕하더니, 어쩌면……."

"뭐야, 그 끔찍한 설정은."

"끔찍하지."

"아빠 말고 굴착기 기사, 과실치사라도 일이 컸을 텐데."

"말이 그렇다는 거지. 사고였어……."

"아빠 닮았다고 한 말, 혹시 나도 그렇게 갈 수 있겠다, 그런 뜻이었어? 점점 아빠 닮았다는 말이 껄끄럽게 들리기 시작하네."

"근데 천지가 가더라. 가끔 널 보면서 긴장했는데, 천지가 가버렸어."

"나는 죽을 생각 전혀 없는데, 천지나 잘 보지 그랬어."

"그러게 말이다. 너, 죽지 마라. 언젠가는 죽기 싫어도 죽어. 일부러 앞당기지 마. 살고 싶어도 살 수 없는 사람들, 더 아프게 하는 거야. 죽어서 해결될 일 아무것도 없어. 묻어둘 수는 있겠지. 근데 그거, 해결되는 거 아냐. 냄새가 진동하거든. 진짜 복수는 살아남는 거야. 생명 다할 때까지 살아."

"아빠는 뭘 그렇게 괴로워했어?"

"꼭 쓰려고만 하면 사라지는 손톱깎이가, 코앞에서 출발해버린 지하철이, 아빠가 X가 아닌 줄 뻔히 알면서 아빠가 싫다는 이유만으로 X라고 한 작자가. 그 작자가 틀렸다는 걸 알면서도 동조할 수밖에 없는 나머지 비루한 작자들이⋯⋯."

두더더덕!

쥐었다.

"저게 아직도 있었나? 그동안 잠잠하더니."

엄마가 베란다 문을 흘긋 보며 말했다.

"언제 쫓아내긴 했어? 쟤는 굶어 죽지도 않네."

"잡자."

"⋯⋯."

"넌 현관문 열어. 난 베란다 문 열 테니까. 오늘 끝장을 내자."

엄마는 자못 비장한 표정으로 빗자루와 쓰레받기를 잡았다.

만지도 한 손에는 먼지떨이를, 다른 손으로는 현관문 손잡이를
꽉 잡았다.

"열어? 엄마, 열어?"

"열어!"

기가 막힌 호흡이었다. 베란다 문과 현관문이 동시에 열렸고, 엄
마는 엄마대로, 만지는 만지대로 벽에 쫙 달라붙었다. 예상 경로는
베란다에서 방, 방에서 주방, 주방에서 현관 그리고 아파트 복도였
다. 하지만 쥐는 모녀의 허술한 작전을 비웃듯이, 쥐도 새도 모르게
숨어버렸다. 누군가 베란다로 들어가야 할 상황이었다.

"만지야, 운동화 가져와."

"왜?"

"발에 스칠까 봐."

만지는 자신의 운동화를 가져다 베란다 문틀에 가지런히 놓았다.

"신는다."

"신어."

"진짜 신는다."

"진짜 신으세요."

운동화를 신는 엄마 발이 파르르 떨렸다.

"엄마가 안에서 쫓아내면, 넌 방에서 현관으로 쫓아."

"……잠깐, 나도 뭐 좀 신고."

"방에서 신발 신으려고?"

만지는 실내화 주머니에서 하얀 탱크 운동화를 꺼냈다.

"이거 실내화야……. 실내에서 신는 거."

엄마는 인상을 살짝 찌푸렸다가 다시 폈다.

"간다!"

엄마가 베란다로 들어가 미친 듯이 빗자루를 휘둘렀다. 선반부터 탕탕! 내려쳐 쥐가 없는 걸 확인한 뒤, 보일러를 텅텅! 내려쳤다. 그리고 보일러에서 방으로 뻗은 배관 밑으로 빗자루를 넣고 마구 쑤셨다. 나왔다!

"엄마야!"

엄마가 쥐보다 빠르게 방으로 달려 나왔다. 그 뒤를 회색 쥐가 바짝 따랐다. 먼지떨이를 쥐고 벽에 바짝 붙어 있던 만지는, 발꿈치까지 들어 벽에 더 쫙 달라붙었다. 쥐가 엄마를 추격했다.

"엄마, 도망가!"

"아아악!"

엄마는 속도에 방해되는 빗자루를 내팽개치고 결승점 현관을 통과했다. 간발의 차이로 쥐도 엄마의 발을 사뿐히 지르밟고 현관을 통과했다. 올림픽 육상경기에 쥐를 동반한 출전이 가능하다면, 엄마는 메인스타디움에 태극기를 올리고 애국가가 울려 퍼지게 했을 것이다. 엄마가 아파트 복도에서 제자리 뛰기를 하며 운동화를 털어댈 때, 쥐는 유유히 복도를 빠져나갔다. 엄마는 재빨리 들어와 현관문을 닫아버렸다.

만지는 방바닥에 털썩 주저앉았다.

"우리가 쫓아낸 걸까, 쥐가 탈출한 걸까?"

"쫓아낸 거야."

엄마는 문틀에 서서 베란다 안을 흘긋거렸다.

"그나저나 너 그거 빨리 안 벗을래? 왜 방에서 운동화를 신고 난리야!"

"실내화라니까 그러네."

만지는 슬쩍 탱크 운동화를 벗어 실내화 주머니에 다시 넣었다.

엄마가 베란다로 들어가 쥐가 갉아 먹은 듯한 감자와 사과를 들고 나왔다.

"뭐야 그게?"

"굶어 죽을까 봐 그랬지."

"별난 취미네. 근데 우리 왜 베란다 화단 쪽으로 쫓아낼 생각은 안 했을까?"

"방 닦아, 기집애야……."

쥐는 급박했던 상황을 말해주는 스키드마크처럼, 방바닥에 요란한 운동화 자국만 남기고 떠나버렸다. 더 이상 쥐는 없었다.

그렇게 사는 거야

"요즘 같은 세상에 전셋집이라도 가진 게 얼마나 다행인 줄 알아?"

"할머니가 남긴 집 팔아서 겨우 이 집 전세로 온 거잖아요."

"내 엄마야. 내 엄마가 남긴 집 내 맘대로 쓰는데, 꼽냐?"

어른 양아치의 대표적인 표본. 이런 사람이 이런 집이라도 얻어 놓은 것에 대해 감사라도 해야 할 지경이었다. 미란은 아빠라는 호칭이 역겨웠다.

"라면이나 하나 끓여 와."

미란과 미라는 가스레인지에 물을 올리고 나란히 섰다.

"저 새끼는 맨날 개발이야. 뽈을 발에 놔줘도 못 넣어요. 병신 새끼."

미란은 축구 경기를 보는 곽만호를 슬쩍 보고, 아직 끓지도 않은 물에 라면과 스프를 넣었다. 스프가 물 위에 둥둥 떴다. 물이 끓자 미란은 젓가락으로 면을 마구 휘저었다. 그런다고 얼마나 빨리 익겠는가만, 1초라도 빨리 곽만호가 집에서 나가길 바랐다.

미란은 곽만호 앞에 라면을 내려놓고 다시 주방으로 왔다.

"입에 찍찍이를 달았나, 드럽게 쩝쩝거리네……."

미란이 상 위에 있는 작은 달력을 탁탁 넘기며 말했다.

"언니……."

미라가 곁눈질로 주의를 줬다.

곽만호는 라면을 먹으면서 휴대전화를 걸었다.

"어, 나야. 뭐 하냐? 그래? 새끼야, 근데 왜 전화를 안 해. 괜찮아, 집이야. 한 달 만에 왔다. 하여간, 진짜 온다지? 그 새끼는 맨날 잃으면서도 온다니까. 금방 갈게."

미란은 아빠와 통화를 한 정체 모를 남자가 고마웠다. 그러면서도 두 딸만 사는 집에 한 달 만에 왔다는데, 오라고 하는 남자나 가겠다고 하는 아빠나 그 나물에 그 밥 같아 씁쓸했다. 재미있는 일을 함께 즐기려는 의리 충만한 친구일까, 남의 집이야 어떻게 되든 말든 일단 즐기고 보는 인간일까? 까칠하게 굴 부인이 없으니 좀 더 편했을까? 아니, 그들은 엄마가 살아 있을 때도 똑같았다. 애초에 엄마의 존재 유무가 그들에겐 상관없었던 것이다.

미란은 주섬주섬 일어서는 곽만호에게 다가갔다.

"미라 이제 학원 다녀야 해요. 중학교는 초등학교하고 달라요."

"뭐가 달라. 중학교에는 선생 없냐?"

"……."

"나도 죽겠다. 경제가 장난이 아니잖아. 거래가 없어요, 거래가."

"자격증은 이제 딴 거예요?"

"니가 따는 거 아니니까, 신경 꺼."

'개새끼…….'

쐐기. 아주 오래전, 엄마는 어린 미란과 미라를 데리고 먼 곳으로 간 적이 있다. 마당 주위로 작은 방들이 다닥다닥 붙어 있고 대추나무도 많은 곳이었는데, 곽만호를 피해 한 달가량 살았을 것이다. 어느 날 어린 미라가 대추를 따다가 쐐기에 쏘였는데, 울면서도 빨갛게 여문 대추를 먹고 싶어 해서 미란이 대신 따줘야 했다. 그러다 미란도 쐐기에 쏘여 둘이 목 놓아 울고 있는데, 곽만호가 엄마의 머리채를 잡고 대문으로 들어왔다. 뜨겁게 따갑던 고통마저 잊게 만드는 공포의 순간이었다. 마당 한가운데서 엄마가 곽만호에게 무자비하게 맞을 동안, 미란은 그저 이 말밖에 할 수 없었다.

"우리 쐐기에 쏘였어요……."

그날, 세 모녀는 밤 기차를 타고 다시 돌아와야 했다. 미란은 쐐기에 쏘인 자리가 따갑고 가려웠지만 엄마가 더 아파 보여 꾹 참았더랬다. 인간 취급도 안 하면서, 엄마가 아닌 다른 여자들을 좋아하면서, 떠나는 건 왜 그렇게 막았는지 모른다. 미란의 눈에 비친 곽만호는 엄마에게 쐐기 같은 존재였다. 그리고 이제는 미라와 자신에게도 지독하고 고약한 쐐기가 되었다.

존재 자체가 혐오스러운 인간, 배운 것도 기술도 없으면서 힘든 일은 죽어도 안 하는 인간, 곽만호. 지금은 알음알음 알게 된 부동산 사장 밑에서 일하고 있다지만, 자격증이 없으니 집 보러 온 사람들 집 구경이나 시켜주고 서류를 떼는 일이 전부다. 부동산 안쪽 간이로 만든 방에서 화투나 포커를 치는 걸 낙으로 살고 있는데, 그런 식으로 부동산 업자들과 안면을 터놔야 개업할 때 금방 자리를 잡는다는 게 그 이유였다.

미란은 냉정하고 침착해야 했다.

"집에 떨어진 거 많아요."

곽만호는 주머니에서 만 원짜리를 꺼내 착착착 소리가 나도록 세었다. 그때, 곽만호의 휴대전화가 울렸다. 곽만호는 신경질적으로 십만 원을 상에 내려놓고 집을 나갔다. 미란은 상 위에 있는 돈을 뚫어지게 보았다. 거지에게 적선을 해도 이렇게 무례하게 하면 안 되는 것이었다.

"전화기는 또 바꿨네……."

미란이 돈을 챙기며 말했다.

"나, 아빠한테 받은 돈으로 학원 안 다녀."

"시끄러. 그런 생각이면 저 인간이 주는 돈으로 밥도 먹지 말아야 돼. 더러워도 버텨. 어쨌든 아빠니까. 그리고 나중에…… 받은 만큼 돌려주면 돼."

미란은 냄비를 가져와 싱크대에 라면 국물을 쏟아부었다.

미라가 싱크대에 기대어 스르륵 주저앉았다.

"나는 언니, 천지가 아빠 알까 봐 되게 겁났다. 내가 아빠 딸이라는 거 알까 봐 겁났어. 천지는 너무 바른 애였거든……."

미란이 미라 앞에 앉았다.

"너, 나한테 말 안 한 거 있지?"

"……."

"있어, 없어!"

"없어, 언니. 진짜야, 진짜 없어. 나는 그냥……."

미라는 몸을 바들바들 떨었다.

"그냥 뭐?"

"누구 하나 죽어야 정신 차린다고. 화연이는 누가 죽어야 정신 차릴 애라고, 발표 따위로는 꿈쩍도 안 할 애라고. 그냥 한 말이었는데…… 잘못했어, 언니……."

"너 미쳤어? 아빠가 엄마 죽으니까 정신 차리데? 응!"

미란은 상 옆에 놓인 책꽂이에서 책을 꺼내 미라에게 마구 던졌다. 곽만호가 엄마를 때릴 때보다 더 세게, 더 난폭하게, 더 속상하게…….

"잘못했어, 언니. 잘못했어⋯⋯."

"왜 나한테 사과해? 사과할 사람 따로 있잖아. 근데 어떡하냐, 이제 없는데? 아빠 일을 왜 천지한테 복수해!"

미란은 발에 치이는 책을 확 걷어차고 화장실로 들어갔다.

화장실에서 수돗물 쏟아지는 소리가 들렸다.

그리고 수돗물 소리보다 더 큰 미란의 울음소리가 쏟아졌다.

"끄윽. 끄윽."

엄마가 턱을 안으로 밀어 넣으며 계속 트림을 했다.

"병원 가. 더 심해진 거 같아."

"가봤어. 신경성이래."

"쥐도 나갔는데 뭐 그렇게 신경 쓸 게 많다고."

"쫓아낼 수 있는 건 애초에 신경도 안 쓰여. 빨리 엄마 등 좀 쳐."

만지는 엄마의 척추뼈를 타고 탕 탕 탕 두드렸다.

"꺼억!"

"드러워. 입으로 폭죽 쏴?"

"아유, 좀 낫네."

"화요일 날 학교 올 수 있어? 고등학교 입학 상담한대."

"원서 쓰는 거야?"

"원서는 선생님이 쓰고, 시청각실에서 설명회 한 다음에 담임이랑 상담이래."

"가서 니가 얼마나 화려하게 학교생활을 하고 있는지 들어봐야지."

"안 와도 돼. 올 사람만 오라더라."

"찔리는 거 있냐? 만지 머리에는 돌이 있습니다. 서둘러 제거하심이……"

"가서 유전이라고 꼭 밝혀."

"오케이. 몇 시까지야?"

"2시."

"근데 너, 몇 반이냐?"

"6반……"

엄마는 모처럼 정장을 입고 구두까지 깨끗하게 닦아 멋을 냈다. 건물 입구에서 학생들이 준 비닐봉투를 구두 위에 덧신어 걷기는 조금 불편했지만 최대한 자세를 꼿꼿하게 세웠다. 그리고 시청각실이 아니라 한 층 더 위에 있는 체육관으로 올라갔다. 문 앞에 국어 선생님이 서 있었다.

"오셨어요. 마침 체육관이 비었더라고요."

"요즘 학교는 참 좋네요. 체육관도 있고."

"다른 학교는 체육관 건물을 따로 짓기도 하는데, 우리 학교는 운동장이 좁아서 건물 위로 증축했다고 해요. 들어오세요."

선생님은 체육관 문을 열고 엄마를 안내했다.

엄마와 선생님은 체육관으로 들어와 관중석 겸 계단에 앉았다.

"지난번에 보내주신 메일, 고마웠어요. 저보다 천지를 잘 알고 계신 것 같아 부끄러웠습니다."

"그냥 직업병 같은 거예요. 쟤는 뭐 하나 하고 보는 거. 이거예요. 각서가."

선생님은 책 속에서 절친각서를 꺼내 엄마에게 내밀었다.

"고맙습니다."

"일찍 드려야 했는데, 죄송합니다. 이거 때문에 화연이가 곤란해질까 봐 걱정됐거든요. 요즘 애들 이런저런 각서 많이 나눠 가져요. 그런데 이번에는 사안이 좀 그랬습니다. 절친각서라기보다는 선물교환서 같기도 했고요."

"근데 선생님이 어떻게 이걸 가지고 계셨어요?"

"소식 들은 날, 애들 보내고 천지 사물함 열어봤어요. 자물쇠를 걸어두긴 했는데, 번호 세 자리만 누르면 되는 거라 쉽게 열리더라고요."

"네……."

"죄송합니다, 함부로 열어서."

"……."

"메일로도 말씀드렸지만 천지하고 화연이, 상하 관계는 아닌 것 같았어요. 둘만의 교집합 부분이 있었던 것 같아요. 그게 서로 필요에 의한 건진 잘 모르겠지만, 그걸 유지하는 방법이 좀 나빴지 않나 싶고요."

"화연이가 상처를 주고 천지가 상처를 입는 관계였겠네요."

"전혀 아니라고는 할 수 없지만, 그렇다고 꼭 그런 것만은 아닐 거예요. 화연이가 그렇게 독한 애가 아니거든요. 까불까불 거짓말도 잘하긴 하는데, 금방 사과하는 타입이에요. 관심 끌려고 하는 애들 있잖아요."

"친구들 때문만은 아니겠죠. 저도 항상 천지를 혼자 뒀거든요. 알아서 잘하는 애라고만 생각했어요. 내가 그랬어요."

"학교에서도 너무 잘했어요……."

"혹시 천지가 성적에 집착한다거나, 뭐 그런 경향은 없었나요?"

"아뇨. 성적 때문에 스트레스 받는 애들 많은데, 천지는 그런 건 아니지 싶어요."

"요즘 애들은 충분히 똑똑한 거 같은데, 얼마나 더 똑똑해지고 싶어서 그렇게 공부하나 몰라요. 공부를 하는 게 아니라, 지식을 입력시키는 거 같아요."

"가르치는 입장에서 이런 말 참 우습지만, 어른들이 그렇게 시키잖아요."

"어찌된 게 요즘 애들은 단체전은 없고 개인전만 있는 거 같아요. 그렇게 혼자 다 하려니 알아야 할 게 얼마나 많겠어요."

"부모님들이 시상대에 여럿이 올라가는 것보다, 자녀 혼자 올라가는 모습을 더 원하는 게 아닐까요?"

"하하하. 생각해보니 나도 그러네요. 우리 딸들이 제일이라는 말, 입에 달고 살았거든요. 나도 다 너희들을 위해서란다, 라고 하면서 아주 우아하게 폭력을 행사했죠. 너 꼭 쟤 이겨야 돼, 결국 그 거였거든요. 아무튼, 이건 잘 보관하셨어요. 그날 바로 나왔으면 화연이가 많이 힘들었을 거예요. 화연이는 요즘 어떤가요?"

"항상 똑같아요. 친구들하고 노래방 가는 거 좋아하고, 영화도 잘 보러 가고요."

"화연이라도 잘 지낸다니 다행이네요. 선생님은 괜찮으세요?"

"제가 애들만큼 힘들겠어요……. 애들 가슴에 아프게 남았을 거예요. 또 모르죠. 모든 게 너무 빨리 잊히는 세상이니까. 이제 꼭 삼 년 학교생활 했는데, 애들 잘 모르겠어요. 나도 그 나이 살아봤고, 나는 정말 뭔가 다른 선생님이고 싶었는데, 잘 안 되네요."

선생님은 계단에서 일어나 뒤로 난 창문으로 운동장을 내려다보았다.

"저 애들 좀 보세요. 똑같은 교복에 똑같은 체육복을 입은 애들로 가득하지요? 근데, 겉은 똑같아 보여도 속은 다 달라요. 다 다른 소가 든 붕어빵들입니다."

엄마도 일어나 선생님과 함께 섰다.

"애들이 배 툭 갈라서 잠깐 달콤한 맛 보고, 자신을 낭비할까 봐 겁나요."

엄마는 선생님에게서 벌써 고단하고 쓸쓸한 여인의 모습을 떠올렸다.

"옛말 틀린 거 하나 없네요. 선생님 꼭 자식 생각하는 부모 같았어요, 방금."

"아닌 게 아니라, 가끔 우리 반 애가 다른 반 선생님한테 혼날 때가 있거든요. 그럼 저도 모르게, 저 선생님은 왜 우리 반 애를 혼내는 거야? 싶은 거예요. 그래서 몇 번은 제가 혼내겠다고 하면서 슬쩍 데리고 온 적도 있어요."

"하하하. 선생님 인기 많으시겠네요."

"그건 잘 모르겠고요, 저도 벌써 선생님이 다 됐나 봐요. 반 애들이 저한테 가끔 영어나 수학 같은 걸 물을 때가 있어요. 이제는 저도 가물가물한데 일단 뭐냐고 보기부터 한다니까요. 제 과목도 아닌데 이상하게 책임감을 느끼는 거예요, 글쎄."

"제일 나쁜 선생님하고, 제일 좋은 선생님만 기억나는 거 아시죠? 힘내세요!"

"감사합니다. 학교에서도 조사를 했는데요, 교내폭력이나 왕따 문제는 없었습니다. 그리고 만지한테는 각서 얘기 안 했어요. 민감한 나이다 보니까……."

"네……. 저 그만 가볼게요."

"아직 설명회 중일 텐데, 들어가 보실래요?"

"그럴까 생각 중이에요."

엄마는 시청각실 앞에서 나누어주는 커피를 받아 안으로 들어갔다. 빈자리는 많지 않았지만 3학년 학생 수를 생각해보면 그리 많은 부모가 참석한 건 아니었다. 엄마는 뒷줄 빈자리에 앉았다. 앞에서는 정보고등학교 선생님이 학교에 대해 설명하고 있었다.

엄마는 커피를 한 모금 마시고 낮은 한숨을 쉬었다. 사는 게 다급했다. 아직 내일이 준비되지 않았는데, 금세 내일이었고, 벌써 어제였다. 새끼들한테 인생 전부를 건 엄마는 아니었지만, '무슨 일'이 생기면 언제든 달려올 엄마가 있다는 믿음과 존재감은 주고 싶었다. 그런데 이번 천지 일 앞에서 엄마는 무너져버렸다. 믿음도 존재감도 주지 못한 엄마였다. 그 옛날 자신의 어머니가 그랬던 것처럼.

"어머니가 고등학교도 안 된다는데, 인문계를 허락하시겠니?"

여상을 나와 취직하는 게 나을 거라던 중학교 담임선생님.

어머니와 전투적으로 싸워 인문계 고등학교를 진학했다. 어머니는 유언처럼 "대학은 안 된다."고 했지만, 아버지와 사투를 벌여 대학에 진학했다. 징글맞은 오기였다. 자신의 미래를 타인이 당연하게 결정짓는 게 싫었다.

"엄마는 왜 전공 안 살렸어?"

만지가 물었더랬다. 엄마는 옆 사람 모르게 고개를 숙이고 웃었다.

'하고 싶은 공부를 위해 선택한 학과가 아니라, 무조건 붙어야 되는 곳이어야 했으니까. 취직도 마찬가지였어. 취직이 되느냐 안 되느냐가 중요했거든……'

엄마는 앞에서 보여주는 시청각 자료가 눈에 들어오지 않았다. 3학년 2학기. 이미 정해진 선택이다. 엄마는 슬그머니 일어나 시청각실을 나왔다.

"학교 냄새는 변하지도 않네. 징그럽다, 징그러워."
엄마는 운동장 아래로 난 계단에 앉아 만지에게 메시지를 보냈다.

딸! 엄마 구령대 위 계난에 있나. 운동장 뇌세 쪼그맣네.

엄마는 장난을 치며 운동장을 지나가는 아이들을 가만히 바라보았다.
"참 예쁘다. 니들은 제발, 미리 죽지 마라."
"혼자 뭘 그렇게 중얼거려?"
메시지를 확인한 만지가 달려와 엄마 옆에 털썩 앉았다.
"조심히 앉아라. 속 다 보이겠다."
"속에 쫄바지 입었잖아."
"학교에서는 전화 켜도 돼?"
"오늘 엄마들 온다고 수업 일찍 끝났어."
"그럼 집에 가지 왜 안 가고 남았어?"
"엄마 온다며!"
"내가 담임 만날까 봐, 쫄았냐?"

"하여간 못 말려. 설명회는 어때. 재미없지?"

"지루해서 중간에 나왔어. 집에 가자."

"담임은?"

"그냥 우리 딸들이 다니는 학교가 어떤지 보려고 온 거야."

"기다려, 가방 가지고 올게."

만지는 교실로 달려갔다.

만지가 계단을 막 내려가려는데, 엄마가 먼저 올라왔다.

"왜 왔어?"

"왔는데 뵙고 가는 게 나을 것 같아서."

"아냐. 오현숙 여사 진짜……. 그냥 가지?"

"기다릴래?"

"갈 거야. 들어가 봐. 엄마들 별로 없어."

만지는 엄마가 교실로 들어가는 것을 보고 난 뒤, 계단을 내려
갔다.

교실에는 여섯 명의 엄마가 상담 대기 중이었다. 대부분 성적에
관해 비슷한 질문을 하고 비슷한 답변을 받았다. 엄마는 기다리는
동안 교실 뒤에 있는 학급문고에서 책을 한 권 빼냈다. 읽을 생각이
없었기 때문에 대충 훑어보고 꽂아놓고, 다른 책들을 살폈다.

"어머님!"

엄마는 뒤를 돌아보았다. 벌써 차례가 되었다.

"오래 기다리셨죠?"

"아뇨. 생각보다 빠르네요. 우리 만지는 좀 어떤가요?"

"만지는 좋아하는 과목만 신경 쓰고, 그렇지 않은 과목은 덜 신경 쓰는 것 같아요."

"하하하. 저 닮아서 그래요. 저도 그랬거든요."

"네에……. 고르게 성적 관리해야 돼요."

"애가 머리가 나쁜지, 딴에는 학원도 다니고 하는데, 잘 안 되나 봐요."

선생님은 잠시 당황했다.

"저기 어머님, 만지 성적 좋잖아요. 국어 사회 점수가 좀 낮아 내신이 걱정돼서 드린 말씀이에요."

"저는 일반계 가고 싶다는데, 거기에 갈 정도는 되죠?"

"그 정도는 충분하죠."

"그럼 됐죠, 뭐."

"네에……."

"애 맡겨놓고 졸업할 때나 되니까 인사드리네요."

"부모님들 바쁘시잖아요. 그리고 전에는 연수 중이어서 찾아뵙지 못하고……."

"예에. 뒤에 기다리는 분 계시는데, 그만 가보겠습니다."

엄마는 자리에서 일어났다. 더 이상 할 말이 없었다.

교문 앞에 만지와 미란이 서 있었다.

"안 갔어?"

"의리상 기다렸지. 내 친구 미란이."

"안녕하세요."

"반갑다."

엄마가 미란을 반겼다.

"우리 오늘 근사한 데 가자."

"어디?"

"니가 말한 패밀리 레스토랑."

만지가 잠시 주춤하는 미란의 등을 툭 쳤다.

"가자."

"근사하다. 한번쯤 와볼 만하네."

엄마와 만지와 미란은 안내받은 자리에 앉아 주위를 두리번거렸다.

직원이 카드를 보여주며 매장 이용 방법에 대해 빠르게 설명했다.

"무슨 말인지 알겠어요. 우리 이제 먹어도 되나요?"

"네. 바로 이용하셔도 됩니다."

직원이 테이블에 종이 카드를 내려놓고 돌아갔다.

"먹자. 배 터지게."

엄마가 카드를 들고 일어났다. 만지와 미란도 그 뒤를 따랐다.

엄마는 그릴 위에 스테이크를 굽고 있는 직원 앞에 섰다.

"그거 먹으려면 어떻게 해야 돼요?"

"추가 주문하셔야 돼요. 주문하시겠어요?"

"네. 얘들아, 니들도 주문해."

엄마는 만지와 미란의 카드까지 모두 내밀었다.

"고기는 어떻게 구워드릴까요?"

"나는 살짝 구워주고요. 얘들은, 피 안 보일 정도로만 구워주세요."

"네. 십 분 뒤에 오세요."

세 명은 쪼르르 다음 코너로 옮겼다.

"우동도 카드에 찍나요?"

"아닙니다. 드릴까요?"

"세 개 주세요."

모두 우동을 받아 스파게티 코너로 옮겼다.

"이것도 카드에 찍나요?"

세 사람은 이런 식으로 매장을 돌며, 주문한 즉석요리와 진열된 음식을 덜어 테이블로 옮겼다. 그 양이 얼마나 많은지 다른 사람들도 가져다 먹을 수 있도록 모아놓은 것 같아 보였다.

"뭐가 이렇게 많냐. 스테이크가 생각보다 크네."

엄마가 스테이크를 썰며 말했다.

"가서 깐쇼새우 찾아올게. 미치겠네……."

"같이 가자."

미란도 만지를 따라갔다. 그리고 곧 깐쇼새우를 들고 왔다.

"엄마는 보이는 대로 주문해? 이거 다 어쩔 거야?"

"빨리 먹어서 줄이자. 나도 좀 민망하다."

세 사람은 열심히 먹기 시작했다.

스테이크는 생각보다 질겼고, 그것만 먹어도 배가 부를 만큼 컸다.

"한 개만 시킬걸 그랬다. 조그만 거 하나 줄 줄 알았더니, 인심은 후하네. 퍽퍽하고 질긴 게 좋다야. 많이 먹어라."

"스파게티 세 접시는 어쩔 거야?"

"먹으면 되지. 근데 왜 이렇게 안 썰어져. 가위 없나?"

"돼지갈비 아냐. 그냥 썰어."

"밤낮 두부만 썰다 보니까, 고기는 영 안 썰리네."

엄마는 스테이크 접시를 옆으로 밀어놓고 우동을 먹었다.

"공짜라고 다 가져다 먹으면 배탈 나. 엄마 요즘 소화도 안 된다며."

"공짜 개념 날아갔냐? 전체 이용 기본이 몇만 원이야. 추가되는 게 몇천 원씩이지. 왕창 먹고 가야 돼. 왠지 봉다리가 생각나네."

"배에다 챙겨 가."

만지는 스파게티를 후루룩 빨아 먹었다.

"내 딸이지만, 너 참 피곤한 스타일이야. 아무래도 봉다리가 아쉬워……."

"이런 데서 음식 싸 가는 사람하고, 종업원한테 반말 찍찍 해대는 사람들, 진짜 별로야. 돈 내고 사 먹는다고 대단한 자부심이라도 느끼는지 원."

"말본새하고는. 미란아, 혼자 죽어라 키워놨더니, 애 말하는 거
봐라."

미란이 아랫입술을 살짝 깨물며 희미하게 웃었다.

"저기…… 아줌마는 혹시 재혼 생각 안 해보셨어요?"

"왜 안 해. 애인 있었는데, 하도 꼴값을 떨어서 헤어졌어."

"……"

"아빠는 집에 자주 오니? 그 인간 하는 짓 보면 나 몰라라 할 것
같은데."

미란은 음식을 씹다 말고, 만지는 포크로 샐러드를 집던 자세 그
대로 멈췄다.

"부모가 똑바로 안 살면 그 업이 자식한테 간다더라. 우리 때문
에 니들이 고생이다. 동생이 미라지? 마트에서 만났었어. 그 뒤에
그 인간이 니들 좀 보라고 억지로 집 앞까지 데려간 적 있는데, 그
때 멀리서 너 봤어."

그랬다. 곽만호는 어린 두 아이가 저렇게 힘들게 살고 있다, 아이
들의 엄마가 되어다오,라는 식으로 덤볐던 것이다. 이미 다른 여자
와 만나고 있었지만, 아이들에게는 생활력 강한 만지 엄마가 필요
했다. 그러니 일단 법적으로 부부관계부터 맺어놓아야 했다. 코딱
지만 한 전셋집이라도 얻어놓은 이유가 그마저도 없으면 만지 엄
마가 결혼해주지 않을 것 같아서였다. 물론 결혼만 하면 전셋돈은

바로 빼낼 계획이었다.

　미란은 더 이상 음식을 먹을 수가 없었다. 삼켜지지가 않았다.

　"너희한텐 얼마나 잘하는지 모르겠지만, 그 인간 그러면 안 됐어. 나한테도, 너희 엄마한테도. 그런데 그게 왜 안 되는지를 아직도 모르더라."

　"우리한테도 잘하지는 않아요."

　"너희 우리 마트에 자주 왔잖아. 물건 고르는 거 보면, 또래 애들 같지가 않았어. 그래서 잠시 흔들린 적도 있었다. 저 애들을 어쩌나, 그 인간 꼴 보기 싫어도 참고 살아볼까? 그런데 천지 보내고 나니까 내가 얼마나 우스운 생각을 했나 싶더라. 내 새끼도 못 챙기면서 무슨……."

　"우리 둘이 잘하고 있어요."

　"알아. 오늘 보니까 더 그래. 엄마가 참 잘 키우셨다. 만지는 우리 얘기 대충 감이 오니?"

　"감 오기도 전에 벌써 다 들었어."

　"너답다. 먹자!"

　"나 화장실에서 토하고 올게. 안 그러면 더 이상 안 들어가."

　만지는 포크를 내려놓고 일어섰다.

　"쟤는 꼭 저런다. 먹자, 애."

　미란은 앞에 놓인 음식을 씩씩하게 먹어치웠다.

　"아줌마는 제가 생각했던 것보다 더 괜찮은 사람인 것 같고, 아

빠는 아줌마가 생각하는 것보다 더 한심한 사람인 건 맞는데요, 그
래도 아빠 전 애인한테 그 인간 어쩌고 하는 소리 들으니까, 기분은
별로예요."

"너 만지하고 되게 친하지? 둘이 어쩌면 그렇게 도긴 개긴이냐."

"아빠, 아직도 아줌마 찾아가요?"

"가끔."

"생각보다 집요한 사람이에요. 조심하세요."

"고맙다."

만지가 돌아와 탁자에 놓인 주스를 마셨다.

"진짜 토하고 왔나 봐. 눈이 빨개."

"손가락을 너무 깊게 넣었어."

엄마는 만지 눈에서 눈물을 읽었다.

"아 참, 너희 요즘은 마트에 잘 안 오더라. 괜히 먼 데까지 가지
말고 그냥 와. 우리 동네에서는 그래도 거기가 제일 나아. 피한다
고 피해질 사람 없고, 막는다고 막아질 사람 없어. 뭐 대단한 박애
주의자나 되는 것처럼 세상 사람 다 용서하고 사랑할 필요도 없고.
미우면 미운 대로, 좋으면 좋은 대로. 그거면 충분해. 그렇게 사는
거야."

"네……."

"그래."

세 여자는 불편하면서도 속 시원한 대화를 나누며 식사를 마쳤다.

방향 잃은 용서

"문밖에서 벌어진 일을 어떻게 알아요. 지금 저 의심하는 거예요?"

여자가 짜증을 냈다. 벌써 두 번째다. 문 앞에 둔 그릇이 또 사라졌다는 것이다. 박 군은 난처했다.

"그게 아니고요. 혹시 못 보셨나 해서요."

"못 봤어요."

여자는 문을 닫고 들어갔다.

박 군은 혀끝을 입술에 대고 퉤 찼다. 배달 경력 사 년 만에 이렇게 대놓고 없어지는 건 처음이다. 가끔 개 밥그릇이나 화분 받침을 하려고 슬쩍 훔치는 사람도 있지만, 이상하게 다른 곳은 괜찮은데 초원아파트에서 주문한 그릇들만 사라졌다. 초원아파트에 보신각 그릇 도둑조가 투입된 게 아닌 이상 이렇게 대놓고 사라질 순 없었다. 사정이 이러니 수거용 들통과 철가방을 같이 들고 다녀야 할 판이었다.

"언 놈이 자꾸 가져간디야!"

"저도 미치겠어요."

"잡을 땐 잡드라도, 일단 그릇부터 좀 맞춰야겄어. 이름 박아다가."

화연 아빠가 에어컨 앞에 서서 땀을 식히며 말했다.

"쓰잘 띠 읎어요. 가주갈라문 뭐이는 못 가주가."

"안 허는 것보다야 낫지 뭘."

"박 군아, 낼부텀은 오도바이 뒤에 들통 지고 다녀라. 고사를 올려야 쓰나……."

화연 엄마는 가게를 빙 둘러보며 혼잣말을 했다.

화연은 학교가 끝나면 지하철을 타고 아무 곳이나 다녔다. 저녁 시간을 지하철에서 보내는 것이다. 그렇게 갈아타고 갈아타다 학원 끝나는 시간에 맞춰 집으로 돌아왔다.

'아줌마, 껌으로 딱딱 소리 크게 내기 기네스에 도전 중이세요?'

'아저씨가 내일모레 신대방에서 쏘주를 먹든, 맥주를 먹든, 나까지 알아야 해요? 지하철 예절은 안 드시나 보죠?'

'저 할머니는 노약자석 비었는데, 왜 저길 앉은 거야? 젊은 애들도 힘들거든요?'

화연은 이렇게라도 화를 삭이지 않으면 머리가 터져나갈 것 같았다. 천지가 보고 싶었다. "천지야!" 하고 부르면 항상 웃으며 옆에 있어줬다. 그랬던 천지가 중학교에 오자마자 얼마나 차가워졌는지, 떠날까 봐 두려웠다. 그리고 천지가 정말 떠났다고 느꼈을 때, 다른 아이들에게 집착했다. 하지만 아이들은 천지처럼 진심으로 웃어주지는 않았다. 그래도 혼자인 것보다 나았다.

'난 그냥 너하고 논 거였어……'

자극적이고 일방적인, 쥐를 코너에 몰아넣고 빙빙 돌리는 고양이식의 놀이. 그 모습을 지켜보며 킬킬댔던 잔인한 구경꾼들. 화연은 구경꾼들이 식상하지 않도록 점점 더 강도를 높여야 했다.

"어린것이 눈동자 한번 얄팍하네그려."

앞자리 할머니가 화연을 보며 말했다.

화연은 화들짝 놀랐지만 애써 못 들은 척했다.

"남 내려 보는 버릇은 어디서 배웠는고?"

화연은 꼬고 앉은 다리를 툭툭 흔들었다. 리듬이라도 타는 것처럼.

"조런 것들이 잔재주로 사람 낚고, 멀쩡한 사람 뱅신 만들지. 임자 만나봐라, 소금 뒤집어쓴 지렁이 신세지. 나는 인자 내려야 쓰겠네."

할머니는 천천히 일어나 출입문 앞으로 갔다.

'재수 없어……'

할머니가 내리자 화연은 옆 칸으로 자리를 옮겼다.

"너 이리 와봐."

화연이 집으로 막 들어오자마자 엄마가 불렀다.

"학원 갔다 와서 피곤한데, 왜 그래!"

"학원은 뭔 놈의 학원? 하루 가고 하루 빠지더니, 요 미칠은 쭉 빠졌드구만!"

화연 엄마는 학원에서 전화를 받아 이미 알고 있었다. 하지만 요즘 보신각 일도 있고, 그러다 말겠지 하는 마음에 그냥 지켜보고 있었던 것이다.

"학원에서는 공부가 안 돼서 독서실 다녔어."

"집에 암도 읎는디 집 놔두고 거길 갔어야?"

"집하고 달라."

"터진 입이라고, 말은 잘헌다!"

화연 엄마는 화연의 긴 머리를 휘어잡고 두들겨 팼다.

화연 아빠가 달려와서 말렸지만 소용이 없었다.

"니가 공부를 히야? 밤새 쌀 한 말을 셨다고 혀라. 그라문 믿을 틴게!"

"니는 와 아를 못 잡아묵어서 안달이고, 안달이!"

"보시오, 나가 내 딸을 모르겠소? 만만타 싶으문 못 잡아묵어 안 달인 아요. 그래도 지 체면 세워주니라고 허구헌 날 아들 데리와도 군소리 읎이 짜장 멕있소. 근디 인자는 아들도 가게에 안 오지요? 저것이 저러고 다닌께 옆에 사람이 읎는 거 아니요!"

"혼자 있는 아, 불쌍한 줄 알어야지!"

"코앞에 엄니 아부지 있어, 지 해달라는 거 다 해줘. 무시가 불쌍한디요?"

화연은 엄마를 노려보았다.

"엄마는 왜 항상 다른 사람 편이야? 엄마 딸, 나 아냐?"

"나는 팥쥐 엄니라도 콩쥐 편이어야. 넘으 가심에 구녕 내고 댕기는 딸년을, 우찌고 편들어야? 뭣이냐 천진가 뭐인가, 죽었담서?"

화연은 천지에 대해 아직 말하지 않았다. 그런데 엄마가 알고 있었다.

"그게 은제여, 갸 엄니가 가게에 온 적이 있어. 아를 영특하게는 키워도 영악하게 키우문 안 된다 그러는디, 미친 여편네가 넘으 가게에 와서 지랄 떤다 싶어서, 곰곁이 키운 당신이 잘못이다, 혔제. 근디 말이여, 갸 엄니 말고도 그런 전화 숱허게 받었다. 크문 낫겄제 혔는디, 영 나아질 기미가 안 뵈. 갸네 우덜 아파트로 이사 왔더구만, 나가 그 여편네만 보문 가심이 벌렁벌렁혀. 그때 짜장 말고 뭐이라도 좀 멕있어야 혔는디……."

"……."

화연은 방으로 들어가 문을 잠가버렸다.

화연은 세 살 때부터 어린이집 종일반을 다녔다. 언제까지 보신각에 데리고 있을 수만은 없었기 때문이다. 초등학교에 입학하고 나서는 이런저런 학원을 보냈는데, 어린애 혼자 집에 있느니 차라리 학원에 가 있는 게 더 마음 편해서였다.

"화연이가 자꾸 남의 물건에 손을 대요."

"어려서 그러지요. 좀 크면 그러겠어요?"

"화연이가 자꾸 애들을 괴롭힙니다."

"좀 크면 나아지겠지요."

"화연이, 학원에서 나가야겠습니다."

학원에서 화연을 나가라고 한 때가 초등학교 4학년 봄이다. 그날 화연은 엄마한테 초주검이 될 때까지 맞았다.

"시퍼렇게 어린 가시나가, 무슨 우찌고 댕기길래 안 받는다 소리를 들어? 나도 돈만 주문 애지간헌 것들은 다 받어야. 문간에 소금을 치는 한이 있어도 받는디야, 천금 만금을 줘도 안 받는 것들이 있어. 인간 말종들. 니 그 딱으로 살았어야? 그 사람들도 돈 벌라고 허는 장살 턴디, 꼬박꼬박 원비 내는 가시나를 나가라 헐 적에는, 뭔 지랄을 떨어도 단단히 떤 것이여."

어린 화연이 맞았지만 아무도 말리지 않았다. 그때만 해도 화연 아빠는 교육상 한 번쯤 거쳐야 할 과정이라 생각했고, 구경꾼들은 자식 패는 부모를 간섭할 수 없었다. 고작 "그러다 애 죽겠어요……."라고 하는 게 전부였다. 화연은 그날 이후로 더 이상 남을 대놓고 괴롭히지 않았고 물건도 빼앗지 않았다. 오히려 비굴해졌다. 사탕이나 과자를 사주고, 보신각에 데려와 짜장면을 먹이고, 집에까지 데려가 엄마 아빠가 오기 전까지 놀았다. 그해 여름, 천지가 전학 왔다. 새로운 먹잇감의 등장이었다.

"왜 저러고 사는가 몰러."

화연 엄마는 혀를 차며 화장실로 들어갔다. 화연 아빠만 거실에 남아 부인과 딸이 들어간 두 개의 문을 멍하니 바라볼 뿐이었다.

화연은 의자에 가방을 턱 내려놓았다. 아이들을 의식한 과장된 행동이었다.

"아우, 힘들어."

미라는 화연이 아니라 책상에 놓인 가방만 슬쩍 보고 계속 책을 읽었다.

화연은 자리에 앉아 교실을 둘러보았다. 자율학습이 시작되지 않아 소란스러웠다. 화연은 이런 소란스러움 속에서 혼자 침묵하는 것에 서툴렀다. 누군가와 말을 해야 마음이 놓였다. 그렇다고 미라에게 말을 걸고 싶지는 않았다. 마침 뒤에 앉은 아이들이 아이돌 가수 이야기를 하고 있었다.

"진짜 오늘 나와? 몇 시에?"

"수요일마다 밤 11시 5분에 하잖아. 학원 끝나면 잽싸게 달려와야지."

화연은 이때다 싶어 뒤로 돌아 이야기에 끼어들었다.

"오늘 진짜 나온대?"

"응. 나온대."

화연 바로 뒤에 앉은 성희가 빠르게 대답하고 다시 짝꿍과 이야기했다.

"독립하고 나서 더 잘된 거 같지 않냐?"

머쓱해진 화연은 다시 자세를 바로 하고 앞을 보았다.

미라는 그런 화연을 스윽 보고 다시 책을 읽기 시작했다. 그렇게 흘긋 보는 게 화연은 더 싫었다.

'차라리 보지도 마…….'

화연은 벌떡 일어나 사물함으로 갔다. 뭐라도 해야겠는데 마침 천지가 준 털실이 생각난 것이다. 화연은 사물함에서 털실 뭉치를 꺼냈다. 천지한테 받을 때는 별로 신통치 않아서 사물함에 대충 넣어둔 것이다. 천지 사고 이후에 버리려고 꺼낸 적도 있었지만 "너도 받았냐? 내 꺼보다 좀 크네."라고 미라가 말하는 바람에 버릴 수가 없었다. 집에 가져가서 버릴 수도 있었고, 실이 마음에 안 든다며 버려도 됐다. 화연은 원래 그랬으니까. 그런데 천지가 없는 지금은 원래대로 행동하기가 두려웠다. 붉은 털실 뭉치 자체가 생명력을 가지고 사물함에 존재하는 것 같았다. 이제 더 이상은 사물함에 그대로 둘 수 없었다. 숨 막히게 하는 털실 뭉치를 풀어버려야 했다. 무엇을 완성시키든 짜다가 그냥 버리든. 화연은 털실 뭉치 가운데에 꽂힌 코바늘을 잡아 뺐다. 흔들린 콜라 캔을 퍽 딴 것처럼, 기다란 막대폭죽 끝에 파직 불을 붙인 것처럼 긴장됐다.

"김화연, 자율학습 시작됐는데 거기서 뭐 해?"

담임선생님이 교실로 들어왔다.

"뜨개질 좀 하려고요. 아, 선생님! 저 자리 좀 바꿔주세요."

"왜?"

"칠판이 잘 안 보여요."

화연은 아이들이 들을 수 있도록 큰 소리로 경쾌하게 말했다. 그래야 뒤탈이 생기지 않는 법이다. 미라와 앉기 싫었는데 마침 괜찮은 핑곗거리였다.

"화연이가 작아서 파묻히기는 하네. 누가 자리 좀 바꿔줄 사람!"

여기저기서 웅성거렸지만 선뜻 자리를 바꾸겠다는 아이는 없었다. 화연이 싫다기보다 딱히 짝꿍을 바꿔야 할 이유가 없었다.

"제가 바꿀게요."

4분단 중간에 앉은 미소였다.

"뒷자린데 괜찮겠어? 아, 화연아. 미소 옆자리 비었으니까, 저기 앉아라."

"제가 뒤에 앉고 싶어서 그래요."

순간 가슴이 철렁 내려앉은 화연은, 미소가 그렇게 고마울 수가 없었다.

"그럼 할 수 없지. 얼른 바꾸고 자습 시작하자."

미소가 먼저 가방을 챙겨 와 화연 옆에 섰다.

화연이 활짝 웃으며 답례의 선물을 내밀었다. 붉은 털실 뭉치였다. 생각지 못하게 온 기회였다. 자연스럽게 다른 아이에게 넘겨주기……

"고마워서 주는 선물이야."

미소는 털실을 받아 자리에 앉았다.

화연은 미라와 앉지 않아 마음은 편했지만 짝꿍이 없으니 허전하고 쓸쓸했다.

미소는 급식을 먹자마자 뜨개질을 시작했다. 사슬뜨기로 길게 짠 다음 끝과 끝을 연결해 긴뜨기로 둥글게 면적을 넓히는 방식이었다.

"뭐 만들어?"

미라가 물었다.

"대충 앉을 얇은 방석 하나 짜려고. 실도 재활용이구만."

미소의 감정 없고 무뚝뚝한 말투에 미라는 피식 웃음이 났다.

"나도 집에 똑같은 실 있는데, 줄까?"

"아니, 됐어."

미소는 털실을 책상 서랍에 넣고 교실을 나가 버렸다.

"아씨, 난 가만히 있다가 박미소 폭탄 맞았네."

미라가 푹 한숨을 쉬고 새된 소리로 말했다.

그때, 화연이 아무렇지 않은 얼굴로 아이들에게 다가왔다.

"얘들아! 다음 시간에 숙제 없지?"

"그걸 왜 여기까지 와서 물어보냐?"

미라가 말했다.

"내 맘이야. 성희야, 화장실 가자."

"안 가. 야, 너 때문에 박미소 이리 왔잖아."

성희는 윤리 책을 책상 위에 탁! 올렸다.

"미안, 칠판이 안 보여서. 나 화장실 간다."

화연은 생긋 웃으며 교실을 나갔다.

"공부나 잘하면서. 꼭 머리 안 되는 것들이 칠판 탓해요."

미라는 애들이 다 들을 수 있도록 큰 소리로 빈정댔다.

곁에 아이들이 킬킬 맞장구를 쳤다.

화연은 교무실로 와서 담임선생님을 찾았다.

"선생님, 배가 너무 아파요."

"갑자기 왜 그러지? 급식을 잘못 먹었나?"

"저 요즘 계속 배가 아파요. 병원에 가봐야겠어요."

"지금 갈래?"

"네. 얼른 가고 싶어요."

"그래. 병원 가면 확인증 받아 오고."

"네."

교실로 돌아온 화연은 책가방을 메고 유유히 걸어 나왔다.

그런 화연을 보며 아이들은 심드렁했다.

"쟤 뭐야?"

서둘렀는데도 벌써 1시가 넘었다. 화연은 아파트 뒷문으로 들어왔다. 정문으로 오면 보신각 사람을 만날 수도 있고, 말 많은 경비 임 씨와 부딪칠 수도 있었다. 화연은 집으로 올라와 현관문에 귀를 바짝 댔다. 부모님은 오전에 가게로 나가지만 조심할 필요가 있었다. 화연은 계단으로 도망칠 준비를 하고 초인종을 눌렀다.

띵동!

대답이 없다. 한 번 더 눌렀다.

띵동 띵동 띵동!

역시 대답이 없다. 화연은 열쇠로 문을 열고 안으로 들어갔다.

화연은 서둘러 의료보험증과 커다란 검정 비닐봉투를 챙겼다. 돌아다니다가 적당한 병원이 나오면, 배가 아프다며 진찰을 받을 생각이었다. 그런 뒤 확인서 하나 떼어달라고 하면 됐다. 화연은 책가방에 든 책을 모두 꺼내고 빈 가방만 다시 멨다. 그리고 슬며시 집을 나왔다. 손에는 검정 비닐봉투가 들려 있었다.

화연은 109동 꼭대기 층으로 올라갔다. 슬슬 빈 그릇이 현관문 앞으로 나올 때였다. 하지만 109동에서는 보신각 그릇을 발견하지 못했다. 화연은 주위를 살피고 곧장 108동으로 달려갔다. 4층에서 탕수육용 넓은 접시와 짜장면 그릇 두 개를 발견했다. 보신각 그릇이다. 화연은 준비한 비닐봉투에 재빨리 집어넣었다. 106동은 허탕이었고, 보신각 바로 옆 103동에서 짬뽕 그릇과 짜장면 그릇을 발견했다. 국물과 건더기가 그대로 있어서 복도에 세워둔 자전거 바퀴 아래에 쏟아버렸다. 세 집이다. 화연은 아파트 비상계단에서 그릇이 든 비닐봉투를 꼭꼭 묶은 뒤 가방에 넣었다. 그리고 초원아파트를 빠져나왔다.

다음 날, 화연은 어제 병원에서 받아 온 확인서를 선생님에게 제출하고 또다시 조퇴를 했다. 급식도 먹지 않고 조퇴를 했는데, 오늘도 병원에 가야 한다는 게 그 이유였다. 화연은 어제 병원에서 일시적인 스트레스성 대장 증상이라는 진단과 처방전까지 받았지만, 약만 사놓고 먹지는 않았다.

미소는 쉬는 시간과 급식 시간을 이용해 틈틈이 뜨개질을 했다. 얼마나 손놀림이 빠른지 미라가 혀를 내두를 정도였다. 제아무리 긴뜨기로 설렁설렁 짠다지만 넓이가 순식간에 늘어났다.

"너 되게 잘한다."

"어차피 질려서 오래 앉지도 못할 거, 대충 짜면 돼."

"내 실 가져다줄 테니까, 나도 좀 만들어줘라."

"내가 왜 네 걸 만들어야 되는데? 웃겨, 정말."

"……."

미소는 인상을 쓴 채 계속 뜨개질을 했다.

톡. 톡. 톡.

미라는 연습장에 샤프를 두드렸다. 그리고 아이들이 미소 이름 앞에 붙이는 '재수 없다'는 말에 대해 생각했다. 미소는 처음부터 재수가 없었던 아이였을까, '재수 없다'는 말이 붙으면서 진짜로 재수가 없어진 것일까? 이렇든 저렇든 지금 미소가 재수 없는 건 사실이었다. 집단에 의해 조성된 후천적 각인 효과가 미라에게도 나타나고 있었다.

'그럼 천지는?'

톡. 톡. 톡. 톡.

오랫동안 지속된 화연의 따돌림과 괴롭힘에도 불구하고 끝내 왕따에서 살아남은 천지. 순둥이라면 순둥이였고 바보라면 바보였다. 반면에 미소는 대쪽 같고 싫은 건 싫다고 바로 되받아치는 스타일이다. 천지는 왕따에서 살아남았고, 미소는 왕따다. 미라는 어쩐지 화연과 미소보다 천지가 더 무섭게 느껴졌다. 하지만 미라가 놓친 게 있었다. 천지에게는 화연의 행동을 끊임없이 방해한 자신이 있었다는 것을. 미소에게는 지금 그런 사람이 단 한 명도 없다는 것을.

툭!

샤프심이 부러졌다.

'영향력!'

"야, 시끄러워! 샤프 좀 가만둬."

미소가 눈을 부릅뜨고 날카롭게 말했다.

"아…… 미안."

영향력. 천지와 미소만의 문제가 아니었다. 행하는 자, 즉 화연은 아쉽게도 영향력이 없었다. 화연은 시청자가 예상한 장면에서 예상한 효과음을 내주는 방청객에 불과했다. 가끔은 공감할 수 없는 장면에서조차 과장된 제스처를 취함으로써 오히려 거슬리는 그런 방청객. 방청객은 무대 위 배우를 주도할 만한 막강한 영향력이 없다.

'그렇다면 미소는?'

미라는 뜨개질에 집중하고 있는 미소를 곁눈으로 살짝 보았다. 리본. 미소가 왕따가 된 건 교복에 착용하는 리본 때문이다. 어느 날 갑자기 교복 리본을 단속한 적이 있었는데, 매우 우연한 일이었다.

"28번, 28페이지 읽어보자."

28번은 미소였다.

"Every morning, Ted leaves home at seven. He waits for the……."

"잠깐. 너 교복에 리본 왜 안 했어?"

미소는 책 읽기를 멈췄다.

"집에 놓고 왔습니다."

"1학년이 벌써 빠져가지고는. 리본 없는 사람 다 손들어."

미소 말고도 두 아이가 손을 들었다.

"너희는 다음 시간까지 영어 단어 깜지 다섯 페이지씩 해 와."

수업이 끝나자 깜지를 쓰게 된 두 아이가 미소를 공격했다.

"박미소! 니가 우리 거 다 해 와."

"싫은데. 내가 왜?"

"니가 안 걸렸으면 우리도 안 걸렸잖아!"

"내가 걸리고 싶어서 걸렸냐?"

"이 진상 좀 봐. 야, 야, 이딴 년, 상대하지 마."

그렇게 시작되었다. 하필이면 두 아이 중 하나가 제법 노는 걸로 주목을 받는 아이였다. 그 아이가 말한 '진상'과 '상대하지 마'라는 말은 아이들에게 쉽게 합의를 얻어냈다. 모두 알고 있는 진실. 미소는 운이 없었다. 소름 끼치는 집단 회피. 미소가 아니면 나일 수도 있다……

수업이 끝날 즈음, 야구공만 한 털실은 벌써 얼마 남지 않았다. 미소는 실패에 간당간당 남은 실을 휘리릭 풀어냈다. 편지지를 접어 만든 실패가 바닥으로 툭! 떨어졌다.

"생각보다 짧네. 다른 실 연결해야겠다."

미소는 실패를 주웠다. 그리고 대수롭지 않다는 듯이 편지지를 쭉 폈다.

"뭐라고 써 있는 거야? 유치하게."

너 참 밉다.

그래도 용서는 하고 갈게. 나는 가도 너는 남을 테니까.

이제 다시는 그러지 말기를. 이제는 너도 힘들어하지 말기를.

다섯 개의 봉인 실 중 그 세 번째.

미소는 책상에 편지지를 내려놓았다.

미라는 편지지를 뚫어지게 바라보았다.

"이 편지지, 나 가져도 되냐?"

미라가 조용히 물었다.

"맘대로 해. 하여간 거지 근성들은 알아줘야 돼."

미소의 말 따위는 상관없었다. 미라는 천지의 메모가 적힌 편지지면 됐다.

미라는 수업이 끝나자마자 미란을 찾았다.

"언니, 전에 내가 줬던 털실 가지고 있어?"

"집에 있어. 왜, 지금 필요해?"

"천지가 화연이한테 준 털실에서 이게 나왔어. 내가 받은 거하고 똑같아."

미라는 편지지를 보여주었다.

"같이 가자. 우리도 끝났어."

둘이 이야기하고 있는데, 만지가 다가왔다.

"이 자매는 학교에서도 붙어 있네."

쿵!

만지는 미란이 들고 있는 편지지를 보고 가슴이 철렁 내려앉았다.

"너 이거, 어디서 났어?"

"천지가 화연이한테 준 털실에서 나왔대. 너도 이거 알아?"

"알아. 화연이한테 준 걸 네가 왜 가지고 있어?"

미라는 어떻게 해서 편지지를 가지게 됐는지 빠르게 이야기했다. 그리고 자신도 천지에게 받은 털실 뭉치가 집에 있다고 했다.

"가보자."

만지와 미란, 미라는 함께 집으로 달려갔다.

천지가 떠나기 며칠 전, 미라는 구령대 뒤 계단에서 천지를 만났다.

"미라 너, 작년 겨울방학 때까지는 나랑 마주치면 진짜로 잘 웃어줬는데."

"웃는 게 진짜 가짜도 있냐?"

"얼굴근육은 빳빳한데 웃음소리만 내는 사람. 입도 근육도 눈도 웃는데, 눈동자의 빛이 직선으로 쭉 뻗는 사람. 눈빛이 눈동자 안에서 깊게 빛나지 않고 비질비질 흘러나오는 사람. 이런 사람들 웃음은 다 가짜야."

"공부 잘하는 애들은 그런 것도 보이냐?"

"나한테 왜 그러는지 모르겠지만, 너 갑자기 차가워졌어."

"그래서 전처럼 따듯하게 웃어달라고 부른 거야?"

"이거 주려고. 성기게 짜면 작은 무릎 덮개쯤은 만들 수 있을 거야."

미라는 그렇게 받은 털실 뭉치를 미란에게 줘버렸다. 그 실을 이제 풀어야 했다.

미란은 신발 상자로 만든 도구함을 가져왔다. 상자 속에 든 잡다한 물건 중에 붉은 털실 뭉치는 유독 눈에 띄었다. 미란이 털실을 풀려고 하자 만지가 저지시켰다.

"안 돼. 미라가 풀어. 천지가 미라한테 줬잖아."

미라가 털실을 풀기 시작했다. 풀린 털실이 바닥에 쌓였지만 아무도 손대지 않았다. 점점 줄어드는 털실만 바라보았다. 드디어 접힌 편지지 모서리가 보이기 시작했다. 긴장한 미라의 손이 파르르 떨렸다.

툭.

실 끝이 스르르 풀리면서 편지지가 떨어졌다.

알아도 가슴에 담아둘 수는 없었을까?

가끔은 네 입에서 나온 소리가 내 가슴에 너무 깊이 꽂혔어.

그래도 용서하고 갈게. 처음 본 네 웃음을 기억하니까.

다섯 개의 봉인 실 중 그 네 번째.

쫙!

미란이 미라의 뺨을 때렸다.

"도대체 천지한테 무슨 짓을 했기에 이런 편지를 받아!"

"왜 때려! 아빠하고 아줌마 보는 순간 이천지 너무 싫었어. 천지
가 죽지 않았으면 지금도 싫어했을 거야. 천지가 용서한다는 거,
나…… 솔직히 찝찝해. 내가 뭘 잘못했는데? 용서한다니까 그냥 기
뻐해야 돼? 자기가 뭔데?"

미라는 꼿꼿하게 서서 말했다. 차갑게 굳은 볼로 눈물이 흘렀다.

"적어도 고맙다는 말은 써 있을 줄 알았어. 자기가 뭔데 날 용서
해? 싫은 티 낸 게 무슨 죽을죄야? 멍청하게 구는 거 싫어서 오히려
도와줬는데, 무슨 용서? 천지보고 자꾸 착하다고 하는데, 멍청한
거하고 착한 건 다른 거 아냐?"

"니가 뭘 도와줬는데? 니 덕에 왕따는 안 당했다, 그 말이야 지
금!"

미란은 바닥에 쌓인 털실을 미라에게 확! 던졌다.

"둘 다 입 닥쳐……."

만지는 미란과 미라를 싸늘하게 바라보았다.

고맙다는 말이 써 있을 줄 알았다니. 미라는 자신이 무엇을 잘못

했느냐고 한다. 그렇다면 천지는 무엇을 고맙다고 해야 하나. 천지의 순수한 양보와 친절함을 이용해, 은근히 강요된 양보와 친절을 요구했을 테지. 진심으로 베푼 친절을 제 욕심만 채우기 위해 이용한 것들. 만지는 진저리가 쳐졌다. 천지 어때? 싫다고 안 할 거야. 전에도 한 번 했잖아. 그런 걸로 피곤하게 따지는 애 아니잖아. 더이상 미안함도 없이 당연하게 천지를 들었다 놨다 했겠지. 주도하거나 부추기거나. 지켜보거나 눈감거나 상황을 즐기거나……. 어떻게든 하나가 된 아이들.

"너희들이 천지를 가지고 놀았어……."

"전 아니에요……."

와르르르. 만지는 떨리는 미라 어깨에서 돌탑이 무너지는 모습을 보았다. 미라가 마지막에 올린 것은 매우 작은 돌이었을지도 모른다. 층층이 쌓인 돌들이 더 이상 중심을 잡지 못해 휘청거리는 줄도 모르고, 작은 돌 하나 올렸을 뿐인데 그만 와르르 무너져버렸을 것이다. 억울하겠지. 그저 작은 돌 하나 올렸을 뿐이니까. 그리고 그동안 쌓았던 커다란 돌들의 주인들이 암묵적으로 합의한 침묵 앞에서 당황했겠지. 우리가 놓을 때는 아무렇지 않았어. 네가 돌을 잘못 얹었어. 네 책임이야…….

만지 몸이 파르르 떨렸다. 저 지긋지긋한 일들이 반복되는 학교라는 괴물 앞에서 천지가 과연 어떤 행동을 취해야 했을까. 상대가 버리지 않으면 내가 버린다. 단순한 버림이 아닌 완벽한 버림이 필요했을 것이다. 영혼과 육체의 완전한 버림. 천지는 떠났다…….

"미안하다, 만지야."

미란이 입을 앙다문 만지에게 사과했다.

만지의 지독하게 창백해진 얼굴과 붉은 실핏줄이 오른 눈동자가 숨 막혔다.

"지금까지 모두 네 개야. 하나 더 찾아야 돼. 미라, 혹시 생각나는 사람 없니?"

감정 과잉 상태에서 뽑아낸 차가운 이성.

미라는 만지의 말 한마디 한마디가 경고처럼 들렸다.

"모르겠어요. 화연이 말고는 딱히 친한 애도, 사이가 나쁜 애도 없었어요."

"가지고 놀다 버리기 딱 좋은 조건이었네. 나, 갈게."

"이거 네가 가져갈래?"

미란은 두 장의 편지지를 내밀었다.

"왜?"

"미안해서."

"뭐가?"

"그냥 다. 미라도 아빠도."

"미라랑 아빠 잘못을 왜 네가 미안해해?"

"가족이니까."

"그럼 잘 챙겨. 나처럼 잃고 나서 후회하지 말고. 네 동생, 내 동생 아니고, 네 아빠, 내 아빠 아냐. 근데 넌, 여전히 내 친구야. 화연이 편지만 가져갈게. 그리고 미라야, 분명히 말하지만 천지는 멍청한 게 아니라 착한 거야. 착한 애는 가만히 놔두면 되는데, 꼭 가지고 놀려는 것들이 생겨서 문제지. 자기 맘에 들면 착한 거고, 안 들면 멍청한 건가? 나, 간다."

만지는 화연의 털실 뭉치에서 나온 편지지를 받아 밖으로 나왔다.

엉뚱한 아이가 대신 받은 용서. 마지막 용서마저 내버린 화연과 바라지도 않은 용서를 받은 미라. 만지는 엄마가 의도적일 만큼 씩씩한 이유를 알 것 같았다. 천지의 죽음을 두고 마음에도 없는 동정이나 위로 따위를 하지 못하도록 온몸으로 막고 있었던 것이다.

만지는 오대오의 집 앞에 서서 한참을 망설였다. 이 지독한 만남은 우연인가, 필연인가. 자신이 아는 한 가족과 친구를 제외한 마지막 한 사람. 주인 스스로 풀어내야 하는 털실 뭉치. 그것은 천지 식의 용서법이며, 남은 사람들이 풀어내야 할 숙제였다. 천지와 오대오. 만지는 이 관계가 불편했다. 진짜가 아니라는 걸 확인하고 싶었다. 그러면서도 진짜만큼 무서운 것이 없다는 엄마의 말이 떠올라 두려웠다.

"아빠 일, 진짜 사고야?"

"진짜 알고 싶어?"

"그때 그거 진짜야?"

"진짜라고 해줘? 세상에 진짜처럼 무서운 게 없다. 자기하고 상관없는 진짜를 알고 있는 사람들이야 입이 간질간질하겠지."

진짜를 알고 있는 자의 조롱. 눈앞의 이득과 상대를 비웃으면서 얻는 비열한 쾌감을 위해 남의 아픈 진짜를 이용하는 인간들. 묻어두고 싶은 자신의 진짜를 타인의 진짜로 덮어놓고 슬쩍 빠지는 인간들. 엄마는 진짜든 가짜든, 그 속에 가려진 진실을 봐야 한다고 충고했다.

"진짜 가짜가 존재하기까지의 진실을 봐. 눈에 확 보이는 진짜 가짜, 그거 완전 생 날거야. 잘못 손대면 탈 난다. 진짜가 진실, 가짜가 거짓, 그러면 세상 살기는 참 편할 거야."

저 말은 곧 가짜처럼 나타난 오대오가 진실일 가능성도 있다는 말이었다. 더욱이 오대오 입장에서 본다면, 오히려 만지네 가족이 가만히 있는 오대오의 곁으로 어느 날 갑자기 나타난 골치 아픈 존재들이다. 이제는 더 이상 우연이 우연 같지 않고, 필연이 필연 같지가 않았다. 만지는 크게 심호흡을 하고 초인종을 눌렀다.

띵동!

그때였다.

"천지 엄마! 아니, 만지 엄마!"

엄마가 아파트 복도로 막 들어서고, 그 뒤를 또 하나의 거북한 진짜, 동시에 거짓일 가능성이 농후한 곽만호가 쫓아오고 있었다.

"너 이 새끼, 콱 신고해버릴라니까, 기다려."

엄마는 휴대전화를 꺼냈다. 그러다가 만지를 발견했다. 마트에서 미라를 만난 것과는 느낌이 달랐다. 부끄럽고 창피했다.

"누구세요!"

오대오가 아파트 안에서 큰 소리로 물었다.

엄마는 안에서 나는 오대오의 목소리를 무시했다.

"너 집에 안 들어가고 뭐 해?"

"무슨 일이야?"

만지가 곽만호를 슬쩍 보며 물었다.

"신경 쓸 거 없어, 돌려보낼 테니까. 얼른 들어가."

"네가 만지구나? 반갑다. 나는 느이 엄마……."

팍!

엄마가 들고 있던 가방으로 곽만호 머리를 내려쳤다.

"느이 엄마 뭐? 니가 아직 내 성질을 제대로 못 봤구나? 응?"

"밖에 누구세요!"

오대오가 다시 크게 외쳤다.

"너 지금 나 쳤냐? 이게 확!"

"때리고 싶니? 때려. 니 마누라 팼던 몫까지 어디서 살다 나오고 싶으면, 때려!"

"이게 죽을라고!"

곽만호는 만지 엄마에게 팔을 휘둘렀다. 놀란 만지가 엄마를 확 끌어당겼다. 동시에 현관문을 열고 얼굴을 빠끔 내민 오대오가 곽만호에게 머리를 맞았다.

"아! 뭡니까!"

얼결에 한 대 맞은 오대오는 긴 머리를 휘날리며 곽만호 앞에 섰다.

"이건 뭔데 갑자기 튀어나와서 맞고 지랄이야. 근데, 년이야, 놈이야?"

"아저씨 그냥 들어가세요. 이상한 사람이에요."

만지가 오대오를 말렸다.

"이 사람, 누구냐?"

"저 아래서부터 엄마 뒤쫓아 온 남자래요."

"오호!"

오대오는 복싱 자세를 취했다.

"덤벼!"

전문 폭행꾼 곽만호와 비전문 폭행꾼 오대오가 붙었다. 그러니 오대오가 맘 푹 놓고 때리시오, 자세로 맞는 건 당연했다.

"그 손 못 놔!"

엄마가 곽만호의 팔뚝을 물어버렸다. 물고 놓은 게 아니라 물고 늘어졌다.

곽만호는 오대오를 놓고 엄마의 등을 내려쳤다.

이번에는 오대오가 곽만호의 팔을 잡았다.

"미란이 아저씨!"

만지의 고함에 엉겨 붙어 있던 세 사람 모두 우뚝 멈췄다.

"니가 우리 미란이를 어떻게 아냐? 느이 엄마가 얘기했냐?"

곽만호 얼굴에 엷은 미소가 퍼졌다.

"미란이…… 내 친구예요."

"벌써 친구가 됐어?"

"미란이는 내 친구고, 미라는 내 동생 친구입니다. 그냥 학교 친구라고요."

"그냥 학교 친구?"

곽만호는 만지를 빤히 보았다. 딸의 친구라. 딸들에게 친구가 있는 건 당연한 일이겠지만, 실제로 딸 친구 앞에 서보기는 처음이었다. 딸의 친구라는 말이 생소했다. 얼굴이 후끈 달아올랐다. 딸 친구에게는 그래도 번듯한 아빠로 보이길 바랐을지도 모르겠다.

"이런 씨……. 그럼 니들 우리랑 상관없이 친구였던 거야?"

"네. 미란이 아빠가 근사할 거라고 기대한 건 아니지만, 그래도 당신 같은 사람은 아닌 줄 알았습니다. 그리고 저는, 아저씨가 내 새아버지가 되는 거 싫습니다."

"악! 아악!"

이 기가 막힌 상황에 질려버린 곽만호는 소리를 지르며 벽을 걷어찼다.

"오현숙, 너 딸 한번 기가 막히게 키웠다. 잘 살아라. 나 간다……."

곽만호는 뚜벅뚜벅 아파트 복도를 걸어 나갔다.

"저기, 무슨 일입니까?"

남 일에 끼어들었다가 얻어터지기만 한 오대오가 물었다.

"옆집 아줌마 애정 싸움에 아저씨 등 터진 일이요. 괜찮아요?"

엄마가 피식 웃으며 물었다.

"누가 초인종을 눌러서 나왔다가……."

"아저씨한테 뭘 좀 물어보려고 제가 눌렀는데, 갑자기 이 팀이
와서 이렇게 됐어요. 여기서 이러지 말고, 아저씨 우리 집에서 커피
안 마실래요?"

자연스럽게 함께할 수 있는 좋은 기회였다.

엄마도 오대오가 대신 맞아준 게 있어서 그런지 반대하지 않았다.

"감사합니다."

오대오는 넙죽 인사하고 엄마 뒤를 따랐다.

"사람 참, 아무 때나 무난해."

오대오가 냉큼 따라오는 걸 보고 엄마가 혼잣말을 했다.

"가운데 미닫이문을 떼셨네요. 원룸 같아요."

"굳이 방하고 주방을 나눌 필요가 없어서요."

오대오는 세탁기에 걸려 문이 제대로 닫히지 않는 화장실을 스
윽 보았다.

"저 세탁기는 어떻게 들어갔어요?"

"옆폭은 좀 좁아서 아슬아슬하게 들어갔어요."

"같은 용량이면 옛날 제품이 오히려 덩치가 더 크다니까요."

"네. 사정 나아지면 새로 장만해야지요."

엄마는 가스레인지에 물을 올렸다. 불을 얼마나 세게 틀었는지 주전자 몸통으로 불꽃이 타고 올랐다. 만지가 가스레인지의 스위치를 중간불로 옮겼다.

"그냥 둬, 기집애야."

엄마는 다시 불을 세게 올렸다.

"천천히 끓이셔도 됩니다."

주전자에서 지그그 소리가 나면서 물이 끓기 시작했다.

"엄마는?"

"난 됐어."

"퇴근하면 커피부터 마시잖아. 내가 타줄게."

"됐다니까!"

엄마는 오대오 앞에 커피를 내려놓았다.

"잊으세요. 살다 보면 이상한 남자 많아요."

오대오가 엄마를 위로했다.

"아저씨는 혼자 사세요?"

만지는 오대오 앞에 앉으며 물었다. 자연스러워야 했다.

"집사람하고 아들은, 지금 필리핀에서 유학 중이야."

"말로만 듣던 기러기 아빠네요? 근데, 아저씨 백수 아니에요?"

"백수지."

"가족들 유학 보낼 만큼 사는 거 같지도 않은데……. 전에는 무슨 일 하셨어요?"

"네트워크 설비회사 다녔어. 프로그램 개발도 하고. 나는 그래도 회사 사정이 좋아서 오래 버틴 거야. 이쪽 사람들 직업 갈아타지 않은 이상 태반이 백수 됐거든. 컴퓨터 수리점이나 하면 몰라. 거기 지분이 조금 있어서 넘기고 필리핀 보냈는데, 이젠 다 바닥났다 하하하."

"힘들어 보이는데, 가족들 들어오라고 하지 그래요?"

"그럴 생각이 없나 봐. 차라리 거기서 자리 잡았으면 좋겠다. 나도 나이 더 먹기 전에 공무원 시험이나 합격했으면 좋겠고."

"혼자서 심심하면 뭐 하세요? 요즘에는 남자들도 뜨개질 같은 거 잘하던데."

"난 그런 거 전혀 못해. 그나저나, 어머님은 무슨 땀을 그렇게 흘리세요?"

엄마는 다리를 슬쩍 꼰 채 싱크대에 기대어 서 있었다.

"좀 놀라서요."

"그 사람, 조심하세요. 여자한테 손 올리는 남자, 같은 남자가 봐도 아닙니다."

"네. 저, 미안한데 커피 다음에 마시러 오실래요? 제가 몸이 좀 안 좋아서요."

"아, 네."

만지는 엄마가 오대오를 대놓고 쫓아내는 것 같아 민망했다.

"아저씨, 혹시 도서관에서 만나면 제가 커피 빼드릴게요."

"좋지. 아주머니, 저 갑니다."

오대오가 집을 나갔다. 동시에 엄마가 화장실로 몸을 날렸다. 곽만호가 돌아간 뒤 긴장이 풀려서 줄곧 소변이 급했었다.

"아오, 딸이나 오대오나 눈치라고는. 방광 터져 죽을 뻔했네……."

"땀 흘린 이유가 그거였어?"

"넌 왜 커피를 마시자고 난리야! 나 죽을 뻔했어, 기집애야."

"나 참……. 커피 마시지?"

만지는 가스레인지에 다시 물을 올렸다.

"근데 너, 왜 옆집 남자한테 그런 거 물은 거야?"

"천지랑 아는 사이였거든."

"……."

"이상한 상상 하지 마. 도서관에서 우연히 만나는 건전한 사이였으니까."

"……."

"옆집 아저씨, 천지한테 안 받은 거 같지?"

"응."

엄마는 초원아파트로 이사 오는 것을 결정하기까지, 오대오라는 존재에 대해서 전혀 아는 바가 없었다. 오로지 보신각이 이 아파트 상가에 있다는 것 하나만으로 결정한 것이다. 그런데 옆집 남자가 천지를 안다고 한다. 엄마는 이 기괴한 만남에 오싹 소름이 돋았다. 알지도 못하는 사이에 오대오 곁으로 제 발로 걸어와 이웃이 돼 버린 것이다.

'내 딸을 아는 남자라…….'

우아한 거짓말

박 군이 보신각으로 들어왔다.

"시방 108동 501호 난리가 났다."

"거기 아직 안 돌았는데, 왜요?"

"바닥에 국물을 버리고 가면 어찌냐고. 증허다, 증해."

501호 여자는 배달부가 빈 그릇을 가져가면서 아파트 복도에 남은 음식을 버리고 갔다며 보신각에 항의 전화를 했다. 말도 안 되는 이야기였지만 화연 엄마는 무조건 사과할 수밖에 없었다. 도대체 어느 중국집 배달부가 남은 음식을 바닥에 버리고 그릇만 수거하느냔 말이다. 사천오백 원짜리 짜장면을 가져다주니까 배달하는 사람마저 사천오백 원짜리로 보이는지, 기도 안 차는 상황이었다.

주방에서 화연 아빠가 나왔다. 이 정도면 심각한 수준이었다.

"영민은 많이 올라오드냐?"

"점점 많아져요. 오늘도 영민 거 몇 개 슬쩍했는데, 영 그러네요."

"오해를 풀 땐 풀더라도 일단은 모아둬. 은제 조용히 만나봐야겠다."

그때였다. 영민반점 사장이 보신각으로 들어왔다

"형님, 저 왔습니다."

"동생 왔는가?"

화연 아빠는 굳은 얼굴로 영민반점 사장을 맞았다. 불편한 일은 왜 항상 뚜벅뚜벅 정면으로 다가오는지, 절로 한숨이 나왔다.

영민반점 사장은 구석에 있는 들통을 스윽 보았다. 역시 영민반점 그릇이 섞여 있었다. 차라리 주상복합아파트 상가에서 생긴 일이었다면 성질대로 가게를 뒤집어놓기라도 했을 텐데…….

"여기 애들이 가져가는 걸 봤다고 하길래 와봤더니만, 너무하십니다."

"동생. 안 그래도 얘기 좀 헐려고 했어…….

"우리가 올라오면 얼마나 올라온다고 그러십니까? 서운합니다. 서운해요."

짜장면 배달은 옛날 같지 않고, 재료비는 끝없이 오르기만 하는데, 서민 음식이라는 공감대 때문에 가격마저 함부로 올리지 못했다. 엎친 데 덮친 격으로 영민반점과 얼마 안 떨어진 곳에 중국집을 두 개나 안은 주상복합아파트가 들어섰다. 위로는 보신각이 떡 버티고 있으니 영민반점 입지는 자연 궁해질 수밖에 없었다. 없는 시비도 만들어서 붙고 싶은데 그릇까지 슬슬 없어지니, 누군지 걸리기만 하면 저세상으로 보내주마, 하던 참이었다. 그런데 하필 보신각이라니. 영민반점 사장은 보신각을 나가 버렸다.

"동생, 그게 아니라니까. 이봐, 동생!"

화연 아빠는 서둘러 영민반점 사장을 따라 나섰다.

"니는, 넘 보는 디서 가져오문 어쩌허냐!"

"보긴 뭘 봐요, 한번 찔러보러 왔는데 딱 걸린 거지. 별일이야 있겠어요. 중국집 그릇 도는 거 하루 이틀 얘기도 아니고……."

"니는 신문도 안 보냐? 인자는 그런 시상이 아녀. 저기 어디는 그릇 가져갔다고 경찰에 신고했다지 않냐. 안 그려도 조마조마했다. 에효, 다마네기나 내와라."

화연 엄마는 앞치마를 두르고 테이블 앞에 앉았다.

"안녕하세요. 짜장면 하나만 주세요."

천지 엄마가 보신각을 들어서면서 주문을 했다.

영민반점 사장과 화연 아빠가 보신각을 나간 지 채 십 분도 안 됐을 때였다.

"홀에 짜장 하나 있다!"

잊을 만하면 한 번씩 나타나는 사람. 화연 엄마는 천지 엄마가 달갑지 않았다. 손님처럼 대하자니 아이들의 관계가 있었고, 아이들 관계를 생각해 조금 살갑게 굴자니 이 관계가 영 껄끄럽게 끝나버렸다. 그래도 사람 간의 정이 있으니 위로라도 할까 싶어도, 뒤가 자꾸 켕기는 게 위로가 아닌 그 무엇을 해야 할 것 같았다. 위로가 아닌 그 무엇. 화연 엄마가 두려워하는 건 바로 그것이었다. 아직 어린 딸이 있다. 그 무엇을 인정해버리면 치러야 할 값이 너무 컸다.

"평일이라 그런지 좀 한갓지네요."

"요즘 겉은 시상에 주말이라고 벨수 있간디요."

"그렇긴 하네요."

"홀에 짜장 나왔어요!"

화연 엄마는 짜장면을 가져다 천지 엄마 앞에 놓았다.

"아유, 맛있겠다."

천지 엄마는 단무지를 얹어 짜장면을 듬뿍 떠먹었다.

화연 엄마가 컵과 고량주를 가지고 천지 엄마 앞에 앉았다.

"한잔 드셔요."

"좋죠."

화연 엄마는 천지 엄마 잔에 먼저 술을 채우고 자신의 잔에도 채웠다. 그리고 두 사람 모두 잔 한번 부딪칠 생각 않고 단숨에 마셔버렸다.

"애 소식은 들었구만요."

천지 엄마는 태연하게 짜장면을 먹으며 화연 엄마를 보았다.

"여기 가만히 앉아 있어도, 들려올 말은 다 들려오더라고요."

"그 술 남겼다가 나중에 먹을 거 아니면, 한 잔 더 주세요."

화연 엄마가 다시 천지 엄마 잔을 채웠다.

"속이야 아리겠지만, 날 때 가지고 나온 밥그릇이 고만헌가 보다 허야지요, 뭐."

"가지고 나온 밥그릇은 그냥저냥 했던 모양인데, 누가 자꾸 재를 뿌렸나 보더라고요. 아이고, 쓰다."

천지 엄마는 술잔을 내려놓고 단무지를 아작아작 씹었다.

"……."

팽팽했다. 뒤에 어떤 말을 붙여도 충돌할 수밖에 없는 상황이었다. 화연 엄마는 천천히 술을 마셨다. 상대는 새끼를 잃은 어미다. 뿜어낼 수 있는 모든 독기를 모아, 목을 물어뜯어 버릴 각오가 된 사람이다. 순순히 목을 내어줄 수는 없었다. 자신에게도 아직, 새끼가 남아 있었다.

"나 이거 주려고 왔어요."

천지 엄마는 가방에서 선물 상자를 꺼냈다.

"우리 천지가 화연이한테 꼭 주고 싶어 했던 거예요. 직접 줬으면 좋겠지만, 저는 이제 젯밥 받는 몸이 됐으니 할 수 없죠 뭐. 화연이 맘에 들었으면 좋겠네요."

테이블 한가운데에 MP3플레이어가 놓였다.

"우리 애야, 좋아허겠지만서도……."

꺼림칙했다. 천지가 죽었다는 것만으로도 어깨가 무거울 텐데 천지가 보낸 선물이라니. 몸에 지녀도 어디 구석에 두어도 곤란한 물건이었다.

'독살시런 여편네……'

"그럼 두고 갑니다."

천지 엄마가 일어나 계산대 앞으로 갔다.

"아따, 더 존 놈 받았응게, 그냥 두시오."

"고맙습니다."

"인자 찬바람이 나서 다니기는 좀 낫지요?"

"아직도 햇볕이 싸나워서 많이 덥네요. 가볼게요."

"저기, 천지 엄니. 긍게……."

"사과하실 거면 하지 마세요. 말로 하는 사과는요, 용서가 가능할 때 하는 겁니다. 받을 수 없는 사과를 받으면 억장에 꽂힙니다. 더군다나 상대가 사과받을 생각이 전혀 없는데 일방적으로 하는 사과, 그거 저 숨을 구멍 슬쩍 파놓고 장난치는 거예요. 나는 사과했어, 그 여자가 안 받았지. 너무 비열하지 않나요?"

"……"

천지 엄마가 보신각을 나갔다.

뚜르르르 뚜르르르 뚜르르르.

"전화 안 받으세요?"

보조 주방장이 홀을 내다보며 소리쳤다.

"예, 보신각입니다. 대림빌라 303호요. 감사헙니다."

화연 엄마는 주문표를 주방 앞에 내려놓았다. 그리고 다시 테이블 앞에 섰다.

'내 이것만은 못 주겠소. 본께 지도 반 미친 아처럼 다니드만, 산놈은 살려야 허지 않겠소.'

화연 엄마는 MP3플레이어가 든 상자를 계산대 아래 깊숙이 넣었다.

"주방에 있냐? 소금 한 됫박 내와라."

촤! 촤! 촤! 보신각 문 앞에 꺼끌꺼끌한 굵은 소금이 뿌려졌다.

크르르윽.

상가 화장실에서 짜장면을 모두 게워낸 천지 엄마는 변기 꼭지를 꾹 눌렀다.

'내가 전에 분명히 말했지. 내 딸 가만두게 하라고. 지가 아프면 아팠지, 절대로 남한테 손대는 아이 아니라고. 당신들 가만 안 둬. 끝까지 따라붙을 거야. 당신들, 평생 내 얼굴 보면서 한번 살아봐. 아, 빌어먹을 짜장면. 너무 싫다…….'

오래전, 엄마는 천지가 다니는 학원의 원장으로부터 전화를 받은 적이 있다. 화연과 천지를 떼놓으라는 충고였다. 화연이 천지를 지독하게 괴롭히는데도, 천지가 그냥 꾹 참고 있더라는 것이다. 엄마는 전학 온 지 얼마 안 된 천지가 친구들과 적응하는 과정일 거라 여겼다. 더욱이 천지라면 충분히 헤쳐나갈 거라는 믿음도 있었다.

그런데 원장이 아이들 모르게 부모들끼리 만나서 이야기해보는 게 좋을 것 같다며 보신각 위치를 알려준 것이다. 엄마는 부모까지 거론된다면 매우 심각한 일이라 생각하고 보신각을 찾았었다.

"아이들끼리 하는 장난치고는 좀 심각한 것 같아요. 부탁드립니다."

그리고 삼 년 뒤 천지가 죽었다.

검은 그림자는 오래전부터 따라다녔습니다. 어둠 속으로 숨어도 보았지만, 그럴수록 더 짙은 모습으로 나타났습니다. 그림자에 이름을 붙인 사람은 그 남자입니다. 우울증. 자신에게도 가끔 그런 그림자가 따라다닌다고 했습니다. 웃었습니다. 또 한 사람의 '아는' 사람이 나타나고 말았으니까요. 자, 내 그림자의 정체를 알았고, 멜랑꼴리한 이름마저 붙여줬으니, 이제 그것과 헤어지는 방법을 알려주시겠요? 하하하하하……. 우울증이라. 숨겨야 했습니다. 그래서 책에 나온 증상들을 정리해놓고 반대로 행동했습니다.

"또 보네? 학교보다 여기가 책이 더 많지?"

"네. 우리 집 책상을 조금 손보면 아일랜드 식탁처럼 바꿀 수 있을 것 같은데, 그런 걸 알려주는 책이 학교에는 없거든요."

"그런 거 잘하나 봐?"

"취미예요. 식사하셨어요? 저 식당 갈 건데."

"같이 가자. 나도 아직 안 먹었어."

"난 여기 간장 떡볶이가 제일 맛있어요."

"내가 그동안 널 잘못 봤나 보다. 우울증이 아니라 잠시 우울했었던 모양이야. 역시 십 대가 좋다. 에너지가 팡팡 솟아. 부럽다."

아시겠습니까. 눈에 보이는 게 전부가 아니라는 것을. 다른 사람의 생을 OX 퀴즈처럼 안다와 모른다, 로 결정지으면 안 됩니다. 당신은 항상 반듯한 가르마에 긴 머리를 하고 시립도서관을 자주 찾는 남자일 뿐, 나는 당신을 모릅니다. 누군가 내게 당신에 대해 물으면 "그 긴 머리 아저씨 압니다."라고 해야 할까요. 다시 말합니다. 나는, 당신을 모릅니다. 그리고 당신도, 나를 모릅니다. 당신이 자주 보던 내 그림자는 이제 보이지 않을 겁니다. 잠시 숨겼습니다. 하지만 나는 압니다. 오늘 나를 따라다니는 검은 그림자가, 내일은 검은 바다가 되어 나를 삼켜버릴 것이라는 걸. 그래서 미리 가려고 합니다. 당신은, 모르고 있지 않습니까.

가지고 있는 털실을 모았습니다. 전에 짜두었던 것들도 모두 풀었습니다. 오랫동안 자주 사용했던 실이라 부드럽지는 않습니다. 굵기를 달리한 다섯 개의 붉은 털실 뭉치가 마련됐겠지요. 그들을 제일 먼저 용서해야 할 사람은 나여야 했습니다. 그리고 사랑하는 엄마와 언니가 나 때문에 힘들어하면 안 됐습니다.

"시간 나면 틈틈이 해봐. 재밌어."

"시간 나면 틈틈이 자고 싶다. 어쨌든, 딸이 준 거니까 해봐야지. 땡큐!"

엄마는 털실 뭉치를 드라이어와 함께 바구니에 넣었습니다.

"언니도 이제 이런 거 해봐. 손 토시 정도는 쉬워."

"알았으니까, 어디 대충 넣어봐."

책상 서랍 제일 아래 칸에 넣어두었습니다.

"중학교 오니까 같이 놀 시간이 없네."

"됐어. 맨날 책만 보고."

"그래서 이거 주려고. 너 전에는 뜨개질 잘했잖아. 필요할 때 써."

"고마워! 흰색 실 사서 섞어 써야겠다."

잊지 않을게, 너.

"너 이것저것 많이 모으는 것 같던데, 털실은 안 필요하니?"

"우리 언니가 잡다한 걸 좋아해서, 가져다주려고 모은 거야."

잠시 망설였습니다. 미라의 언니는 생각하지 못했습니다.

"안 그래도 목도리나 만들어볼까 했는데 잘됐다."

그래…….

마지막 남은 가장 두툼한 털실 뭉치는, 나에게 주었습니다. 내가 나를 용서하지 않고 가면, 내가 너무 가엾습니다. 편지지로 접은 실패가 드러날 때까지 긴 줄을 짰습니다. 짜는 동안 목이 메도록 편안했습니다. 심장이 뛰었습니다. 꼭꼭 접힌 실패를 잘 펴서 종이비행기를 접었습니다. 그리고 시립도서관 2층 일반교양 책장 구석 아무도 손대지 않는 책 사이에 끼워놓았습니다. 같이 있어 외로운 것보다 차라리 혼자 있어 외로운 것이 나았던 그런 곳입니다.

화연이 학원을 끊어버렸다. 그러니 만지는 화연을 교문에서부터 미행해야 했다. 다행히 화연은 앞만 보며 걸었지만 혹시 발각되더라도 집으로 가는 중이라고 하면 됐다. 핑계를 가진 집까지의 미행은 생각보다 수월했다. 하지만 순순히 집으로 들어가는 화연을 보고 잠시 맥이 빠지기도 했다. 만지는 조급하게 학원을 옮긴 것에 대해 잠시 후회했다.

'그냥, 집에만 있는 거였어?'

만지는 휴대전화를 꺼내 만지작거렸다. 미란에게 들은 말로는 화연이 요즘 꽤 자주 조퇴를 한다고 한다. 불안했다. 혼자 두면 안 될 것 같았다. 학교에서 슬쩍 훔쳐봤던 화연은 과거의 화연이 아니었다. 추적추적 걷는 걸음과 축 처진 어깨는 그동안 못 보던 모습이었다. 그런 화연에게서, 어느 날 갑자기 변했던 천지가 떠올랐다. 그러면서도 마지막 남은 털실 뭉치의 주인을 화연이 알고 있을 것 같다는 의심을 떨쳐버릴 수가 없었다. 만지는 전화기 폴더를 천천히 열었다.

그때, 화연의 집 문이 열렸다. 화연이 집으로 들어간 지 삼십 분 만이었다. 만지는 화연을 피해 다급하게 아파트 계단을 내려와 노인정 문 뒤로 숨었다.

아파트를 내려온 화연은 106동 바로 뒤 109동으로 들어갔다. 만지는 주차장에 세워져 있는 트럭 옆으로 자리를 옮겨 화연을 지켜보았다. 109동은 아파트 복도가 주차장 쪽으로 노출돼 화연이 잘 보였다. 그런데 아무래도 화연의 행동이 이상했다. 어떤 층에서는 복도 입구에만 가만히 서 있다가, 어떤 층에서는 복도를 따라 쭉 걸었다. 아파트를 순회하듯 잠시 멈췄다가 다시 걷기를 반복했던 것이다.

'너, 도대체 뭐 하는 거야?'

화연은 그런 식으로 108, 105, 107동을 마저 돌았다. 그러고는 아파트 후문으로 돌연 달려갔다. 화연이 갑자기 뛰는 바람에 만지는 당황했지만 용케 따라잡았다.

화연은 마트로 연결된 큰길이 아니라 빌라와 상가로 복잡한 주택가 쪽으로 방향을 잡았다. 길이 좁고 골목이 많아 뒤를 쫓기에는 큰길보다 나았지만, 일부러 뱅뱅 돌아 지하철역으로 간 화연의 행동은 매우 수상했다. 5시 10분.

만지는 화연과 적당한 거리를 유지하면서 지하철역으로 따라 들어갔다.

역으로 들어온 화연은 휴대전화로 전화를 하기 시작했다.

"아냐, 원래 보신각 음식 다 그렇대. 재료도 완전 중국산에다가 유통기한 넘긴 게 더 많대. 나도 거기서 짜장면 시켜 먹고 배탈 났다니까."

작은 소리도 크게 울리는 지하철역에서 화연의 목소리는 또렷하게 들렸다.

기가 막힌 통화 내용에 순간 만지는 자신의 귀를 의심했다.

'너, 대체 뭐야?'

화연은 휴대전화에 걸린 교통카드를 개찰구 단말기에 잠시 댈 때 말고는 쉬지 않고 전화를 했다. 만지는 화연이 승강장으로 난 계단을 내려간 뒤 재빨리 개찰구를 통과했다. 그리고 승강장으로 내려와 매점 옆에 몸을 숨겼다.

"초원아파트에 있는 보신각, 밀가루 유통기한 지난 거 쓰다가 걸렸다더라."

화연은 지하철이 도착한다는 안내방송이 나온 뒤에야 전화를 끊었다. 지하철이 도착하기까지 얼마나 다리를 떨어대는지 무척 불안해 보였다.

만지는 화연이 지하철을 타는 걸 확인하고 바로 옆 칸으로 올라탔다. 그리고 화연을 지켜볼 수 있도록 차량끼리 연결되는 문 옆에 섰다. 자리에 앉은 화연은 여전히 다리를 떨어댔다.

"학생, 저기 자리 났네. 가서 앉어."

"예?"

문 바로 옆 노약자석에 앉은 할아버지가 빈자리를 가리켰다.

"가방 무거워 뵈는데, 가서 앉어."

"괜찮아요. 저 금방 내려요."

할아버지가 가리킨 곳은 문이 열리지 않는 한 화연을 지켜볼 수 없는 자리였다.

만지는 할아버지가 내리고 다른 할머니가 앉았다가 내릴 동안 줄곧 그 자리에 서 있어야 했다.

화연은 사당에서 오이도 방면 지하철로 갈아타고, 안산역에서 내렸다. 지하철역 바로 앞 버스 정류장에서 버스를 탈까 잠시 고민했지만, 낯선 도시에서 버스를 타는 건 역시 무리였다. 노선을 정확하게 알지 못해 길을 헤맬 수 있었다. 이미 시간도 너무 늦었다. 화연은 버스를 포기하고 넓은 신호등을 건너 시내로 들어갔다. 빽빽한 상가만큼 사람도 많았다. 거미줄처럼 건물과 건물 사이로 난 좁은 길도 많았다. 화연은 사람이 없는 골목길로 들어섰다. 그리고 길에 놓인 에어컨 실외기 위에 가방을 내렸다.

화연은 가방에서 두툼한 비닐봉투를 꺼내 에어컨 실외기 옆에 슬쩍 내려놓았다.

"뭐야 그거?"

차분하고 짧은 문장. 냉정하고 차가운 목소리. 만지였다. 화연은 차마 뒤를 돌아볼 수가 없었다. 여길 어떻게? 왜?

"방금 버린 거 뭐야?"

"……우리 거예요."

"너네 거?"

만지는 꼿꼿하게 서 있는 화연을 밀치고 앉아 봉투를 힘껏 찢었다.

넓은 접시와 대접이 요란한 소리를 내며 떨어졌다. 보신각 그릇이다.

"너⋯⋯."

만지는 할 말을 잃었다.

"상관 마세요, 우리 거예요. 우리 거라고요!"

"그래, 이건 너네 거지. 나하고는 상관없는 너네 집 일. 그럼 이건."

만지는 메고 있던 가방을 벗어 화연의 가슴을 힘껏 내려쳤다.

팍!

묵직한 가방에 맞은 화연이 벽에 텅 부딪쳤다.

"아, 언니⋯⋯. 저한테 왜⋯⋯."

등을 세게 부딪친 화연은 가슴까지 울려 말을 잇지 못했다.

"왜? 남들은 왜인지 다 알 거다, 쌍년아⋯⋯."

만지는 화연을 두고 골목길을 빠져나왔다.

벌써 다섯 번째 지하철이다. 만지는 이번에 도착한 지하철도 타지 않았다. 그저 앞에 서 있는 지하철 창문을 통해 건너편 승강장만을 살폈다. 건너편에도 아직 화연은 없었다. 만지는 마침내 승강장을 빠져나가 지하철역 밖으로 나갔다. 날은 이미 어두웠고 바람도 찼다. 나와 보니 화연은 버스 정류장 옆 화단에 앉아 있었다.

"가자."

"언니……."

화연은 앉은 채로 만지를 올려다보았다.

"밤중에 이런 데 혼자 있으면 위험해."

"잘못했어요."

"알아."

"저는요, 천지가 너무 힘들었어요……."

"그럼 그냥 '나 너랑 안 놀아.' 하면 됐잖아."

"불쌍해서 어떻게 그래요……."

"너 말 참 우아하게 한다. 불쌍해서 못 했다고? 말은 못 하면서 행동은 어떻게 했니? 천지가 떠날 정도로 지독하게? 그냥 조금 더 가지고 놀고 싶었어요, 그게 네 진심 아냐?"

"천지가 그 정도일 줄 정말 몰랐어요. 너무 똑똑했잖아요."

"나도 네가 그 정도일 줄 몰랐다. 너무 천진했잖아."

"왜 제 뒤를 밟았어요?"

"천지를 돌아오게 할 순 없지만, 책임져야 할 사람은 찾아내야 지. 분명히 말하는데 천지 그렇게 보낸 사람, 너하고 나야. 우린 끝 까지 미안해해야 돼."

"……."

"앞으로는 사람 가지고 놀지 마. 네가 양손에 아무리 근사한 떡 을 쥐고 있어도, 그 떡에 관심 없는 사람한테는 너 별거 아냐. 별거 아닌 떡 쥐고 우쭐해하지 마. 웃기니까."

"그럼 언니는요?"

"너."

"저요?"

"그래, 너. 네가 지쳐서 천지 따라가지 않게 지켜야지. 너 좋아서 그러는 거 아냐. 내 동생이 죽어서까지 '천지 때문에' 소리 들으면 안 되니까, 지키는 거야. 지금부터 시작이야. 마지막 털실 뭉치를 찾을 때까지……."

화연이 울었다. 세상이 무섭고 두려워서 천지를 따르고 싶었다. 미안했고 외로웠다. 마음 편히 기댈 사람이 아무도 없었다. 지하철이 꼭 안아주려고 달려오는 것 같을 때, 까만 철로가 흐르는 강물처럼 편안해 보일 때, 떠나고 싶었다. 그런데 만지가 곁에 있어준다고 한다. 고맙다고 하기에는 지나치게 두려운 친절이었다. 그럼에도 그 말이 가슴 시리게 고마웠다.

"천지한테 받은 털실 뭉치, 제가 미소에게 줬거든요. 그 속에 천지가 용서하는 편지가 들어 있었다고 미라가 말해주더라고요. 영영 용서받을 수 없다고 생각하니까, 너무 무서웠어요."

"못 받아, 영원히. 천지 안 오니까. 그러니까 너랑 나랑 마지막 털실 뭉치 주인을 찾아야 돼. 그럼 용서는 못 받아도 미안한 건 덜하겠지."

"……."

"너 죽으면 나도 따라갈 거야. 그럼 거기서는 2:1이야. 나하고

천지, 그리고 너. 게임 끝. 그러니까 죽지 마. 나중에 저절로 가게
되면, 너 그동안 잘했다고 말해줄게. 천지가 내 말은 잘 듣거든. 얼
른 일어나, 집에 가게."

"정말 잘했다고 말해줄 거죠? 거짓말 아니죠?"

"거짓말, 아냐."

화연이 화단에서 일어났다.

만지가 앞장섰다.

띠릭.

띠릭.

만지와 화연이 개찰구를 통과했다.

"아, 전화 좀 빌려줘라. 내 건 배터리가 나갔어."

화연은 휴대전화를 만지에게 내밀었다.

만지는 성큼성큼 걸으며 화연을 앞섰다. 그리고 화연 모르게 통
화 버튼을 눌렀다. 4시 47분에 온 메시지를 마지막으로 통화 기록
은 없었다. 화연이 지하철역에서 한 통화는 혼자 떠들어댄 거짓 통
화였다. 보신각 그릇을 몰래 버리는 행위와 같은 의미였을 것이다.
만지는 휴대전화를 화연에게 돌려주었다.

"안 해도 되겠다. 그냥 가자."

지금 열차가 들어오고 있습니다. 승객 여러분께서는 안전선 밖
으로 한 걸음 물러나 주시기 바랍니다.

"만지야, 천지 전화 안 받는다. 얼른 집으로 가. 엄마도 갈 테니까."

"나가는 중이겠지."

"얼른 가."

"왜 그래?"

"끊는다."

만지는 전화를 끊고 잠시 뒤를 돌아보았다. 이제 막 신호등을 건너서 보행 시간을 알리는 아홉 개의 초록색 신호가 겨우 세 개 남았다. 다시 두 개.

'천지야!'

만지가 방향을 틀어 다시 건널목을 건너기 시작했다. 초록색 신호 한 개. 중간쯤 왔을 때 초록색 신호는 사라지고, 신호등은 빨간색으로 바뀌었다. 달렸다. 이 시간이면 집에 있어야 했다. 만지는 천지의 휴대전화로 전화했다. 역시 받지 않았다.

빵! 빵! 빵!

어떤 소리도 들리지 않았고, 달려오는 차도 보이지 않았다. 오로지 달려야 했다.

엄마는 개찰구 바로 앞에서 뒤로 돌아 뛰기 시작했다.

"어머!"

놀란 뒷사람의 타박 따위는 상관없었다. 천지가 전화를 받지 않았다!

만지가 현관문을 막 열었을 때, 엄마가 다급하게 계단을 올라왔다.

천지는 안방 문 경첩에 걸린 붉은 줄을 꼭 쥔 채 의자에 올라서 있었다.

"멈춰!"

"천지야!"

만지가 의자를 밟고 올라가 줄을 빼앗았다. 그리고 천지와 함께 바닥으로 떨어졌다. 엄마가 달려와 천지를 꼭 안았다

"엄마, 언니……."

"잘했다, 내 딸……. 잘 기다렸어. 잘 참아줘서 고맙다."

"아빠 보고 싶다."

"그래, 보러 가자. 가서 또 사진 보내주자."

"엄마, 미안해."

"그래……."

"언니, 미안해."

"알아! 간 떨어질 뻔했네."

"천지야…… 학교 가자."

화연이 열린 문 앞에 서 있었다.

천지는 세 사람의 이야기를 들으며 엄마 품에서 눈을 꼭 감았다.

선명한 세 번의 전화벨 소리를 기억하며…….

그랬습니다. 그 순간에도 그런 꿈을 꾸었습니다.

내 마음대로 움직여지지 않는 내 몸에, 겁이 났습니다.

점점 흐려지는 세상이 무서웠습니다.

미안합니다. 이제, 갑니다.

"잘 지내니?"

마지막까지 끈질기게 나를 붙잡았던 말입니다. 늘 안부를 묻던 이모의 저 말이 없었다면, 나는 두려움에 떨면서도 끝내 어린 생을 놓아버렸을지 모릅니다. 너밖에 없다는, 사랑한다는, 모두 너를 위해서라는 우아한 말이 아닌, 진심이 담긴 저 평범한 안부 인사가 준비해두었던 두꺼운 줄로부터 나를 지켜준 것입니다. 중학생 때겠지요.

그 아픈 기억을 지워버리려고 애쓰기도 했습니다. 하지만 이제는 그러지 않습니다. 기억이라는 것은 잊으려 할수록 악착같이 제

모습을 드러내는 녀석이니, 잊을 수도 없습니다. 이제는 그 고약한 기억에 슬쩍 웃기도 합니다. 나를 지치고 쓰러지게 하는 사람만 있는 게 아니라, 진심으로 걱정하고 바라봐주는 누군가도 있다는 걸 깨달은 날이기도 하니까요.

어른이 되어보니, 세상은 생각했던 것처럼 화려하고 근사하지는 않았습니다. 하지만 미리 세상을 버렸다면 보지 못했을, 느끼지 못했을, 소소한 기쁨을 품고 있었습니다. 그거면 됐습니다. 애초에 나는 큰 것을 바란 게 아니니까요. 혹시 내 어렸을 적과 같은 아픔을 지금 품고 있는 분이 계시다면, 뜨겁게 말씀드리고 싶습니다. 어떠한 일이 있어도 미리 생을 내려놓지 말라고, 생명 다할 때까지 살라고. 그리고 진심을 담아 안부를 묻습니다.
"잘 지내고 계시지요?"

멀리서도 느껴지는 애정으로 제 글을 다듬어준 이지영 씨와 창비 출판사 가족들, 늘 다독이고 격려해주는 선생님들과 동료들, 존재 자체가 힘이 되는 내 가족과 친구들에게 감사드립니다. 벌써 바람이 찬 계절입니다. 제 글이 여러분께 따뜻하게 다가가길 바랍니다.

2009년 초겨울
김려령

창비청소년문학 22

우아한 거짓말

초판 1쇄 발행 • 2009년 11월 20일
초판 72쇄 발행 • 2024년 9월 23일

지은이 • 김려령
펴낸이 • 염종선
책임편집 • 이지영
펴낸곳 • (주)창비
등록 • 1986년 8월 5일 제85호
주소 • 10881 경기도 파주시 회동길 184
전화 • 031-955-3333
팩시밀리 • 영업 031-955-3399 편집 031-955-3400
홈페이지 • www.changbi.com
전자우편 • ya@changbi.com

ⓒ 김려령 2009
ISBN 978-89-364-5622-1 43810